AF217721

Tucholsky Wagner Zola Scott Sydow Freud Schlegel
Turgenev Wallace Fonatne

Twain Walther von der Vogelweide Fouqué Friedrich II. von Preußen
Weber Freiligrath

Fechner Kant Ernst Frey
Fichte Weiße Rose von Fallersleben Richthofen Frommel
Hölderlin

Engels Fielding Eichendorff Tacitus Dumas
Fehrs Faber Flaubert

Maximilian I. von Habsburg Fock Eliasberg Zweig Ebner Eschenbach
Feuerbach Ewald Eliot Vergil

Goethe Elisabeth von Österreich London
Mendelssohn Balzac Shakespeare Dostojewski Ganghofer
Trackl Lichtenberg Rathenau Doyle Gjellerup
Stevenson Hambruch
Mommsen Tolstoi Lenz Droste-Hülshoff
Thoma Hanrieder
Dach von Arnim Hägele Hauff Humboldt
Verne
Karrillon Reuter Rousseau Hagen Hauptmann Gautier
Garschin

Damaschke Defoe Hebbel Baudelaire
Descartes

Wolfram von Eschenbach Dickens Schopenhauer Hegel Kussmaul Herder
Darwin Rilke George
Bronner Melville Grimm Jerome
Campe Horváth Aristoteles Bebel Proust

Bismarck Vigny Barlach Voltaire Federer Herodot
Gengenbach Heine

Storm Casanova Tersteegen Grillparzer Georgy
Lessing Gilm
Chamberlain Langbein Gryphius
Brentano Lafontaine
Strachwitz Claudius Schiller Kralik Iffland Sokrates
Katharina II. von Rußland Bellamy Schilling
Gerstäcker Raabe Gibbon Tschechow

Löns Hesse Hoffmann Gogol Wilde Vulpius
Luther Heym Hofmannsthal Klee Hölty Morgenstern Gleim
Roth Heyse Klopstock Goedicke
Luxemburg Puschkin Homer Kleist
La Roche Horaz Mörike Musil
Machiavelli
Navarra Aurel Musset Kierkegaard Kraft Kraus
Lamprecht Kind Moltke
Nestroy Marie de France Kirchhoff Hugo
Laotse Ipsen Liebknecht
Nietzsche Nansen
Marx Ringelnatz
von Ossietzky Lassalle Gorki Klett Leibniz
May Lawrence
vom Stein
Petalozzi Irving
Platon Knigge
Sachs Poe Pückler Michelangelo Kock Kafka
Liebermann Korolenko
de Sade Praetorius Mistral Zetkin

Der Verlag tradition aus Hamburg veröffentlicht in der Reihe **TREDITION CLASSICS** Werke aus mehr als zwei Jahrtausenden. Diese waren zu einem Großteil vergriffen oder nur noch antiquarisch erhältlich.

Symbolfigur für **TREDITION CLASSICS** ist Johannes Gutenberg (1400 — 1468), der Erfinder des Buchdrucks mit Metalllettern und der Druckerpresse.

Mit der Buchreihe **TREDITION CLASSICS** verfolgt tradition das Ziel, tausende Klassiker der Weltliteratur verschiedener Sprachen wieder als gedruckte Bücher aufzulegen – und das weltweit!

Die Buchreihe dient zur Bewahrung der Literatur und Förderung der Kultur. Sie trägt so dazu bei, dass viele tausend Werke nicht in Vergessenheit geraten.

Das Erdbeeri Mareili

Jeremias Gotthelf

Impressum

Autor: Jeremias Gotthelf
Umschlagkonzept: toepferschumann, Berlin

Verlag: tredition GmbH, Hamburg
ISBN: 978-3-8424-6973-0
Printed in Germany

Ziel der TREDITION CLASSICS ist es, tausende deutsch- und
fremdsprachige Klassiker wieder in Buchform verfügbar zu
machen. Die Werke wurden eingescannt und digitalisiert. Dadurch
können etwaige Fehler nicht komplett ausgeschlossen werden.
Unsere Kooperationspartner und wir von tredition versuchen, die
Werke bestmöglich zu bearbeiten. Sollten Sie trotzdem einen Fehler
finden, bitten wir diesen zu entschuldigen. Die Rechtschreibung der
Originalausgabe wurde unverändert übernommen. Daher können
sich hinsichtlich der Schreibweise Widersprüche zu der heutigen
Rechtschreibung ergeben.

Text der Originalausgabe

Jeremias Gotthelf

Das Erdbeeri Mareili

Erzählung (1850)

Peter Hasebohne, Hase-Peter genannt, war noch nicht lange in der Gemeinde Holderberg und schon Gerichtsäß geworden. Er hielt sehr viel darauf, und eher hätte der Sonntag gefehlt als Peter Hasebohne in der Kirche. Damals hielt man dafür, und jetzt noch täte man wohl daran, der, dem seine Nachbarn ein Ehrenamt anvertrauten, der sei vor aller Welt als Ehrenmann gestempelt und besiegelt. Je höher man das Geld schätzt, desto geringer schätzt man die Ehre, vide Exempel an Völkern und Menschen! Je gieriger man nach bezahlten Ämtern jagt, desto geringer schätzt man und desto mehr verlacht man Ehrenämter, und wer einen wohlbezahlten Posten kriegt, wird siebenmal hochmütiger als früher ein Ehrenmann bei seinem Ehrenamt. Ein Gerichtsäß mußte in seinem Bezirke versiegeln, wo nämlich etwas zu versiegeln war.

Eines Morgens ward Peter Hasenbohne in den Tschaggeneigraben gerufen. Das Erdbeeri Mareili sei gestorben, er müsse versiegeln, so lautete die Botschaft. Im Tschaggeneigraben war er noch nie gewesen; vom Erdbeeri Mareili hatte er wohl so im Vorbeigehen gehört, kannte aber weder dessen Umstände noch dessen Person. Die Versäumnis kam ihm ungelegen, er brummte, was es sich nötig hätte, bei solchen Personen zu versiegeln. Indessen Peter Hasebohne ging; denn er war ein Mann, der sein Amt zu hoch hielt, um dessen Pflichten zu versäumen. Er machte zwar keine Gesetze, alle Tage andere nach Laune und Vorteil, und hielt keine, er bürdete nicht unerträgliche Lasten auf, die er selbst mit keinem Finger berührte, aber die Gesetze, welche für ihn gemacht waren, und auf die er beeidigt war, hielt er, denn er war ein Ehrenmann und ein Christ. Peter Hasebohne wußte nichts von »Gesetze hin, Gesetze her, Reglemente hin, Reglemente her!«, er trieb nicht Schindluder mit Eid und Gewissen.

Das Erdbeeri Mareili wohnte an einem wüsten Orte im Tschaggeneigraben z'hinterst, wo Füchse und Hasen einander gute Nacht sagen, lauter Weid und Wald, kaum ein eben Plätzchen einer Hand groß. Als der wohlachtbare Gerichtsäß hinkam, fand er zu seiner großen Verwunderung keine strube, verwahrloste Hütte, sondern eine wohlerhaltene mit ganzen Fenstern, ganzem Dach, und sauber wars darum herum. Das Stübchen glich auch keinem Stall, manche

Bäurin hätte ein Exempel daran nehmen können von wegen der Reinlichkeit. Nachbarsleute waren da wie üblich, ein schlankes Mädchen weinte sehr. Zwei wohlgepflegte Katzen strichen demselben knurrend und tröstend um die Beine, und im Bette lag das tote Erdbeeri Mareili bereits eingenäht. Es schien, als schliefe es nur, so friedlich lag es im saubern Bette. Im ganzen Stübchen sah es nicht armütig aus. In einer Kommode und einem großen Schranke, welche zu versiegeln waren, fanden sich schöne Kleider, reichliches Leinzeug, Schmucksachen, Schriften und Geld in allen Ecken, in alten Strümpfen unter schmutziger Wäsche usw. Der Gerichtsäß schüttelte bedenklich das Haupt über den Reichtum in diesem abgelegenen Häuschen. Da werde versiegeln nicht viel helfen, wenn niemand da sei als das Meitschi und jemand stehlen wolle. »Häb nit Kummer, Gerichtsäß!« sagte eine alte Frau. »Öppe alleine wird man das Meitschi nicht lassen, daneben wäre es das erstemal, daß hier gestohlen würde, das ist hie nicht wie in den Dörfern draußen, wo kein Nachbar dem andern seine Sache ruhig lassen kann und ein Strolch am andern hanget. Hieher kommen diese nicht, hier gibts für sie nichts zu schnausen. Aber wenn du den Todesfall beim Pfarrer angeben und das Grab bestellen wolltest, so wäre das uns anständig, es hat niemand Zeit, das zu verrichten, und dir geht es im gleichen Gang zu. Sag dem Pfarrer nur, es sei das Erdbeeri Mareili; er kennt es gut und weiß dann das andere schon.«

Der Grichtsäß übernahm den Auftrag, und als er ihn ausrichtete, betrübte er den Pfarrer sehr. »Tot das Erdbeeri Mareili«, sagte er, »und ich wußte nicht einmal, daß es krank war. Wieder ein Mensch weniger auf der Welt, der mir lieb war wegen seinem Gemüte.« Der Gerichtsäß berichtete, daß Mareili nicht eigentlich krank gewesen, sondern ausgeloschen sei wie ein Licht und ganz friedlich, als ob es schlafe, in seinem Bette liege. Es müsse eine seltsame Person gewesen sein, er sage aufrichtig, wenn er schon Gerichtsäß sei und just nicht der dümmst, so hätte er doch nicht gesucht, was er gefunden an Kleidern und Kleinodien und sonst alles so gut zweg. Dahinten sei es allweg zu solchen Sachen nicht gekommen, aber daß es mit solchen Sachen zu hinterst im Tschaggeneigraben, wo man selbst eine halbe Geiß sein müsse, um da wohlzuleben, habe wohnen mögen, das dunke ihn kurios. »Daneben hat mancher Mensch einen guten Grund, daß er sich nicht gerne vor den Leuten zeigt und lieber da ist, wo er niemand vor die Augen kommt und vielleicht gar meint, er sei auch unserm Herrgott aus dem Gesicht.«

»Nit, nit, Grichtsäß«, sagte der Pfarrer, »nicht immer das Böste geglaubt und der Nächste gerichtet! Wer vom Erdbeeri Mareili was Böses sagt, versündigt sich, Mareili war besser als Ihr und ich. Ja, Grichtsäß, so ists, und macht nur Augen wie zweizentnerig Käse, es bleibt doch so. Ein schöneres, reineres Gemüt wüßte ich in der ganzen Gemeinde nicht, Euere und meine Frau nicht ausgenommen.«

Wegem Pfarrer, daß Erdbeeri Mareili besser sein sollte dagegen hätte Peter Hasenbohne nichts gehabt, aber daß es besser sein sollte als ein Grichtsäß, selb war starker Tubak. Der Pfarrer werde wohl wissen, was er rede, daneben wundere es ihn doch, was so Bsunderbares an der Person gewesen sei, daß es keine solche mehr geben solle wie die, sagte Peter Hasebohne. »Ja, mein lieber Gerichtsäß«, sagte der Pfarrer, »das war nicht so eins von denen, wie die Welt sie bald rühmt, bald richtet. Sein Leben war kein äußeres, welches in die Augen fiel, es prangte nicht mit Hoffart, verrichtete keine Heldentaten, weder mit dem Spieß, noch mit der Zunge; sein Leben war ein inneres, sein Wesen war gering vor der Welt, und auf solche Wesen versteht die Welt sich nicht.«

Das werde sein, sagte Grichtsäß Hasebohne. Er habe schon mehr als sieben Jahre in der Gemeinde gewohnt und vom Erdbeeri Mareili nichts Apartes gehört. Daneben achte er sich des Geschwätzes der Leute nicht viel, er habe Besseres zu tun, als allem abzulosen. »Und hättet Ihr Euch auch dessen geachtet, Ihr hättet nicht viel gehört. Mareili war seit langem nicht mehr in den Mäulern der Menschen, und doch, wenns nicht mehr ist, werden viele es vermissen, viele nach ihm fragen.«

Es nehme ihn doch jetzt dann bald wunder, was Merkwürdiges an der Person gewesen, sagte Peter. Den Kleidern an hätte er wohl gesehen, daß die einmal gute Zeiten müsse gehabt haben. Es wäre ihm anständig, wenn der Pfarrer Zeit nehmen wollte und es ihm verzählen. »Warum nicht!« sagte der Pfarrer, »es hat es wohl verdient, daß man ihm zu Ehren eine Stunde verbraucht, man braucht hundert unnützer. Da, Grichtsäß, ist Tabak, stopft eine Pfeife, von wegen so was muß mit Verstand erzählt und angehört werden.

Frau, bring eine Flasche vom Bessern, Merliger Siebenundvierziger!«

Als alles eingerichtet war, um mit Behagen zu erzählen und zu hören, und die Frau Pfarrerin die Erlaubnis erhalten hatte, dazubleiben, weil keine geheime Verhandlungen obschwebten, und ihre Lismete in Gang gesetzt war, erzählte der Pfarrer, was folgt.

»Vor vielen Jahren, ehe Ihr und ich von Holderberg etwas wußten, kam Mareilis Mutter hieher in den Tschaggeneigraben. Sie hatte mit ihrem Mann in Bern gelebt, wo derselbe einen schönen Verdienst hatte; beide ließen sich wohlsein dabei. Da starb der Mann, eben weil er, wie man sagt, sich zu wohl sein ließ. Der Verdienst blieb dahinten, für die Zukunft war nicht nur nicht gesorgt, sondern auf die Zukunft hin verzehrt, was einen beträchtlichen Unterschied ausmacht. Was da war, nahmen die Gläubiger bis an die Kinder. Mit diesen wußte die Mutter in der Stadt nichts anzufangen und kam mit ihnen der Gemeinde zu. Sie war eine gute Frau, gönnte andern, was sie hatten, arbeitete, was man ihr in die Hand gab, aber unternehmend, angreiflich war sie nicht, hatte nicht besondere Einfälle, und hätte sie deren auch gehabt, so hätte sie doch nicht gewußt, wie dieselben ins Werk setzen. So hatte sie, als der Mann in Bern vollauf verdiente, in Bern eben nur gelebt und nicht geschafft. Sie hatte daher keinen Verdienst, der ihr blieb, stund mit niemand in Arbeitsverkehr, hatte daher keine Leute, welche Vertrauen in sie setzten, Erbarmen mit ihr hatten; sie konnte nicht mehr in der Stadt leben, sie mußte heim aufs Land. So geht es noch vielen Leuten, welche an einem Orte eben nur leben, durch keine bestimmte Tätigkeit einwurzeln; kommt ein Windstoß, bläst er sie fort.

Als die arme Witwe mit ihren Armseligkeiten in den Tschaggeneigraben kam, war es Frühling. Die Gemeinde hatte ihr für das erste Jahr den Hauszins versprochen und erklärt: ›Dernebe mußt du luege, wie du dKing und dih dürebringst, das ist dy Sach!‹ Das waren harte Worte, gaben der Frau zu denken, machten ihr das Herz schwer; sie hatte guten Willen, nur wußte sie nicht recht, was mit machen. Sie begriff, daß sie im Tschaggeneigraben nicht bloß leben konnte, daß sie, um zu leben, erst etwas vornehmen müßte. Was, das ist eine strenge Frage, wenn davon das Dasein abhängt, und besonders, wenn sie zum erstenmal jemand gestellt wird.

Und hat man auch endlich das Was ersonnen, kommt erst noch das Wie und am Ende noch die Hauptsache, die Energie und das standhafte Ausharren, was so wenigen gegeben ist. Die gute Frau sann manch lieben, langen Tag und ersann nicht viel. Sie pflanzte, wie auf dem Lande es üblich ist. Sie konnte dieses noch von ihrer Jugend her, doch gings mühsam. Das Land zum Pflanzen gaben gute Leute unentgeltlich, aber begreiflich nicht besser, als mans im Tschaggeneigraben hat. Aber Verdienst und Geld fürs übrige hatte sie damit doch nicht.

Zufällig kamen die Nachbarn darüber, daß die Frau recht gut lismen, nähen, ja sogar selbst zuschneiden konnte und zwar manches nach einem unerhört guten Schnitt. Damals war dies ein Fund. Damals hatte man freilich viel weniger zu lismen und zu nähen als jetzt, damals liefen sogar Grichtsäße noch barfuß, damals ließ man noch nicht ändern, wenn man eine Sache zweimal angehabt, und hatten die Töchter und Mägde nicht Zeug an den Kleidern, welches weder Sonne noch Mond noch Sterne ertragen mochte. Aber damals waren Näherinnen und Lismerinnen rar, man mußte sie aus dem Solothurner- oder Länderbiet kommen lassen. Damals waren die Näherinnen noch nicht so hageldick wie Nesseln in den Hägen und Steine auf dem Emmengrund. Damals war noch kein Drang darnach, am Schatten bleich zu werden und in Schnürleibern zu ermagern, um schön und vornehm zu scheinen; damals stund ein rotbackig Mensch noch höher im Kurs als eine bleiche Gränne. Damals war die Freiheit, ohne Zucht von Meister und Meisterfrau in einem eigenen Stübchen zu wohnen, wo man aus- und eingehen und ein- und auslassen konnte, wann und wen man wollte, noch nicht so geschätzt wie jetzt.

Sie verdiente damit Geld, wenig zwar, denn die Leute schätzten das Geld höher als die Arbeit, dafür gaben sie dann aber auch ihre Produkte wohlfeil ab. Sie verdiente aber nicht bloß Geld mit der Arbeit, sondern auch die Teilnahme der Menschen, sie ward ein lebendig Glied in der Kette der Bewohner, sie lebte nicht bloß im Tschaggeneigraben, sondern sie gehörte dazu und tat was darin.

Sie führte indessen doch ein kümmerlich Leben, so recht abteilen konnte sie nicht, wußte daher oft von einem Tag zum andern nicht, was essen. Die Nachbarn, welche ihr die verdienten Kreuzer nachrechneten und sie durch ein Vergrößerungsglas ansahen, konnten das nicht begreifen, meinten, sie sollte ein Herrenleben führen können. Die guten Leute haben in der Regel für sich und andere eine ganz andere Rechnungsweise, sie legen ein Maß an andere, über welches sie gen Himmel schreien würden, wenn andere es an sie legen wollten. Wenn sie einmal klagte, so sagte man ihr: ›Ei mein Gott, was, soviel Geld verdienen und es nicht machen können! Es gibt Leute, welche es mit dem zehnten machen müssen und doch meinen, wie gut sie es hätten.‹ Die gute Frau führte ein schwermütig Leben, seufzte oft, weinte viel, aber erzeigte es daher vor den Leuten so wenig als möglich.

Einmal, an einem schönen Sonntag nach Johanni wars, baten und schmeichelten die Kinder nach dem Mittagessen, bis sie mit ihnen in die Wildnis wanderte, hinauf in Wald und Weid. Erdbeeren hatten sie bei andern Kindern gesehen, nach solchen verlangten ihre Herzchen, die Mutter sollte ihnen welche suchen helfen. Sie gingen lange, lange durch den Wald, Schattseite dem Graben entlang, und auch nicht ein Erdbeeri fanden sie, und traurig wandten sie sich um, auf der andern Seite heimzugehen, Sonnseite. Kaum hatten sie einige Schritte getan, so zupfte das kleine Mareili, das jüngste ihrer drei Kinder, welches der Mutter an der Schütze hing, dieselbe heftig und rief: ›Mutter, Mutter, lue, warum ists dort so rot?‹ Und siehe, es war ein großer Fleck voll reifer Erdbeeren an der sonnigen Halde. Sie hatten in der Stadt gelebt und nicht daran gedacht, daß man die ersten Sonnseite, die letzten im Herbst Schattseite suchen muß. Da war ein Jubel! Sie fanden mehr, als sie aßen, großen Vorrat nahmen sie noch heim.

Als die Frau die schönen Erdbeeren betrachtete, dachte sie, wenn die jetzt in der Stadt wären, aus denen löste man viel Geld, so schöne sind dort selten. Aber die Stadt war weit, doch, dachte sie, liebt man vielleicht in den vielen Herrenhäusern da herum Erdbeeren auch mit Zucker als Erdbeerisalat oder auf andere Weise. Wenn man ihnen brächte, wären sie froh darüber. Wie sie merken mochte, tat dies niemand. Die Leute sammelten wohl auch Erdbeeren, aber für sich zu einem Erdbeeristurm, aber nicht zum Verkauf. Sie gedachte, es zu probieren. Geldnot nötete sie, sich nicht lange zu bedenken. Schon am folgenden Tage ging sie ans Werk. Gesammelt waren bald viele, besonders da die Kinder mit Freude und Gschick ihr an die Hand gingen. Desto schwerer ward ihr das Vertragen.

Es kam ihr vor, als sie mit dem Körbchen auswanderte, als wolle sie betteln gehn, und als sie beim ersten Hause, an das sie klopfte, abgewiesen wurde, entfiel ihr aller Mut, sie wäre alsbald heimgelaufen, wenn ihr nicht zufällig, wie man zu sagen pflegt, eine Herrenfrau begegnet wäre, welcher die angetroffenen Erdbeeren äußerst willkommen waren, sie bewunderte und alsbald nach Hause tragen ließ. ›Bringt mir noch mehr‹, sagte die Herrenfrau, ›aber nicht weniger schöne; ich nehme sie gerne. Die Leute hier herum bringen nichts dergleichen zum Hause, ich glaubte, es gebe sie hier nicht. Es sind sicher noch andere Leute froh, wenn man ihnen Erdbeeren bringt.‹

Das war der Anfang eines recht guten Verdienstes. Von da an hieß die Witwe die Erdbeerifrau und war gewissermaßen angesehen und gern gesehen im Lande. Der Tschaggeneigraben, und was dazu gehörte, war eine rechte Schatzkammer voll Erdbeeren und schöner Erdbeeren. Die Erdbeerigwinner machten einander nicht Plätzen ab, die Erdbeerifrau hatte keine Konkurrenten, man gönnte ihr den neuen Verdienst und ließ sie machen. Sie konnte den Beeren vollständig Zeit lassen, auszureifen, brauchte nicht sie halb hart und halb weiß zu nehmen, wenn sie dieselben haben wollte. Ja, Grichtsäß, es ist ein beträchtlicher Unterschied nicht bloß zwischen halb und ganz reifen Erdbeeren, sondern überhaupt zwischen halb und ganz reifen Menschen und Früchten. Ja, und wie es Jahrgänge gibt, wo keine Frucht recht reifet, alle sauer und bitter bleiben, so gibt es Zeiten, wo die Menschen nicht reifen, wo man sie nicht reifen läßt, wo sie bloß unreif Mode sind wie in Deutschland die Stachelbeeren.

Mareili, welches die Erdbeeren entdeckt hatte, war ein eigentlich Erdbeerihexli. Die Entdeckung, die Freude der Mutter darüber, die schönen Batzen, welche sie heimbrachte, taten in dem sinnigen Kind einen eigenen Sinn auf, weckten in ihm ein besonder Leben. Es behielt die Gabe der Entdeckung, es war, als ob es die reichen Erdbeeriflocken in der Luft merke, es hatte ein eigenes Auge, die bescheidene Erdbeere, von denen die schönsten am sittsamsten sich bergen unterm dunkelgrünen Laubdach, zu sehen, eigene Händchen, die saftige Beere zu pflücken, daß auch nicht der Schatten eines Druckes an ihr sichtbar war. Das Erdbeerigwinnen war sein Leben, füllte des Tags seine Gedanken, des Nachts seine Träume, daß es davon redete, die Mutter acht haben mußte, daß das Kind nicht aufstund und schlafend Erdbeeren suchen ging. Wie traurig senkte es sein Köpflein, wenn es regnete; trauriger senkte es kein Erdbeeristüdeli. Ein Bauer, der tausend Garben am Wetter hat, kann nicht so sehnsüchtig harren auf Sonnenwetter, als Mareili harrte. Wie von selbst gab es sich, daß Mareili der Souverän wurde in diesem Gebiete, die kleine Erdbeerikönigin. Die ältern Geschwister erkannten es unbedingt an, achteten auf seine Winke und führten sie aus als dienstbare Geister des Meisters der Geister.

Aber wie der Frühling vergeht, wo die Elfen tanzen, verging auch der Sommer, der Herbst, wo die Erdbeerikönigin regierte in ihrem Gebiete. Traurig senkte sie ihr Köpflein, als sie eines Tages nur noch ein Erdbeeri fand und das letzte. Es weinte ihm lange nach, mußte sich endlich doch ergeben äußerlich. Aber inwendig blieb es Meister, schuf sich in seinem Inwendigen einen großen Erdbeeriberg mit Sonn- und Schattseite, mit tiefem Graben, hohen Tannen, ließ da die Sonne scheinen, Erdbeeri blühen, reifen und wandelte darin des Tags in Gedanken, des Nachts im Traume und pflückte Erdbeeren, so herrlich und süße, wie es keine noch erlebt. Das ist eine schöne Gabe, wenn der Mensch sich innerlich erbauen kann, was äußerlich die Zeit ihm wegschwemmt oder das Geschick nie ihm gibt. Es besitzen sie wenige Menschen, es wissen sie wenige zu schätzen; dagegen ärgern sich viele darob, wenn sie dieselbe bei andern bemerken, und zwar nicht aus Neid, sondern aus Unverstand. Die Mutter ärgerte sich anfänglich auch über dieses Träumen und nann te Mareili oft: ›Du klyne Erdbeerigöhl‹. Am Ende gewöhnte sie sich daran und sagte bloß, es sei ein bsunderbar Kind, nicht eins wie die andern, sie könne sich gar nicht auf dasselbe verstehn.

Wie der Sommer gegangen war, ging auch der Winter, von wegen es geht alles in der Welt, nicht bloß das Helle, sondern auch das Trübe, und wie schön das Helle ist, zeigt erst das Trübe. Es war kein Winter gewesen, in welchem man ums Neujahr Erdbeeren fand, sondern ein harter und strenger, der die Kräfte der Erde festgebunden hielt und mit Nebel oder düstern Byskuftwolken der Sonne das Scheinen vertrieb. Aber wie es strengen Herrn zuweilen geht, ward er rasch und unerwartet vom Throne gestürzt, kam um seine Herrschaft vollständig; ein schöner Frühling stand mitten im Lande, zeigte sich sogar im Tschaggeneigraben, ehe die Menschen nur Zeit hatten, ihm Türe und Fenster aufzutun. Wie die Erde auftaute, ging es auch Mareili, sein Gesichtchen glänzte plötzlich freundlich, fröhlich jauchzte es auf, als es es grünen sah in Busch und Weid, und unermeßlich war seine Freude, als es an einem einsamen Erdbeeristüdeli die erste Blüte fand.

Aber jetzt kam erst die rechte Ungeduld und gramselte ihm in allen Gliedern. Jedes Ding auf Erden will seine Weile haben, und zäh und eigensinnig macht es dran, wie es gewohnt ist, und bis es fertig ist; auch die Erdbeeristüdeli haben ihren eigenen Gang und eigenen Willen, und machtlos dagegen ist des Menschen Ungeduld. Darein konnte Mareili sich fast nicht schicken, was uns nicht wundert, können doch größere Leute, welche Erfahrung haben sollten, so oft nicht in Geduld sich ergeben und in den geordneten Gang der Dinge sich nicht schicken.

Nun, es hat aber auch alles seinen Nutzen. Die kleine Erdbeerenkönigin, die in ihrem Blangen fast alle Tage nach reifen Beeren suchte, lernte ihr Gebiet besser kennen. Dies ist ein großer Vorteil, namentlich für Königinnen, große und kleine, welchen es oft begegnet, daß sie bloß an den Früchten sich erlustigen, aber nie in den Boden kommen, auf welchem sie wachsen, und es ist namentlich für eine Hausfrau nichts fataler, als wenn sie die Bäume nicht kennt, auf welchen das Obst wächst, Birnen auf Nußbäumen sucht und Pfersiche da, wo die Tannzapfen wachsen, oder einmal wie jene Frau Pfarrerin buchene Tannzapfen bestellt. Der kleinen Königin wuchsen dabei auch Augen, welche nicht bloß Erdbeeristüdeli und die Beeren daran sahen, sondern auch die Tiere alle, welche ihr Gebiet bewohnten, die Hasen und Eichhörnchen, die Amseln und Drosseln, die Rinderstaren und Herrenvögel usw. Sie wußte, wo jedesmal, wenn sie kam, Amseln waren, fand bald auch die Nester, ward ihnen auch alle Tage eine bekanntere Erscheinung, vor der sie erst flogen, wenn ihr Tritt ihnen von weitem hörbar war, später immer mehr ihre freundliche Harmlosigkeit erfassend, die Zweige des Tannenbuschlis, unter dem sie brüteten, auseinanderbiegen, sich begucken ließen, ohne abzufliegen. Solche Nestchen waren seine Geheimnisse, welche es niemand verriet. Die Entdeckungen jedes Nestchens, auf dem so ein dunkler Vogel saß mit dem gelben Schnabel und den sinnigen Augen, machten ihm größere Freude als dem Seefahrer die Entdeckung irgendeiner unbekannten Insel in den schwarzen, weißen, stillen, eisigen Meeren. Das Nestlein betrachtete es als sein Eigentum, ein Schlößlein seiner Vasallen. Aber gütiger als manche andere Herrin ließ es das Nestchen unberührt, nahm die Jungen nicht aus, noch weniger jung und alt zusammen, es begnügte sich am Augenschein, und später sperrten dumme Jungen die weiten Schnäbel auf, wenn sie was nahen hörten, und schluckten, was es brachte, als obs von Mutter oder Vater wäre, die dummen Jungen machten keinen Unterschied. An der Sonne sah es die Häsin mit ihren Jungen spielen. Wenn die schüchternen Jungen bei seinem Nahen in die Sträuche schlüpften oder ins Moos sich duckten, blieb die graue, kluge Alte noch lange sitzen, die langen Ohren über den Rücken gelegt, als ob sie zum Tanze anspringen wolle einem hoffärtigen Mädchen gleich. Dies machte ihm die Ungeduld weniger peinlich, und wenn schon nicht Erdbeeren, fand und sah es doch alle Tage was Neues.

Endlich röteleten die Beeren, endlich fand Mareili eins und wieder eins zum Versuchen, endlich gabs ein Krättchen voll; der erste Batzen erschien wieder willkommen wie der erste Storch im Frühjahr. Die Beeren mehrten sich, doch langsam. Mareili konnte keine Beere unreif brechen, sie mußte ihm willig und gerne ins Händchen fallen, mußte groß, dunkel, süß und saftvoll sein, und wie es taten auch seine Geschwister. Wenn dann am Abend die Mutter die gesammelten Beeren Heerschau passieren ließ, Kries und Gras daraustat, die Portionen in Krättchen verteilte, sahen die Beeren so frisch und kerngesund aus, daß es eine Freude war. Die Kinder sahen zu und jubelten, es war, als ob sie jede Beere kannten. ›Dies habe ich gefunden!‹ rief eins, ›ich dies!‹ das andere, ›dies bei der langen Birke‹, ›dies unter dem alten Haselstock‹, ›dies am Reckholderknübeli‹, so tönte es, bis die Mutter fertig war.

Als diese nun wieder mit neuen Erdbeeren hausieren ging und leichtern Herzens, war sie überall eine willkommene Erscheinung. ›Mama, Mutter, die Erdbeerifrau ist wieder da, die so schöne hat‹, schrien in vielen Häusern die Kinder, und Mama kam selbst, hieß die Frau willkommen, sagte, sie hätte schon gefürchtet, sie komme in diesem Jahre nicht wieder, da schon lange Erdbeeren kamen, aber nicht halb so schöne, als sie gebracht. So sammelte sie Lorbeeren, die taten ihr im Herzen wohl. ›Wir lassen sie reifen, ich und meine Kinder‹, sagte sie, ›wir dürfen kein unreif Beeri abbrechen; wenn wir schon wollten, Mareili täte es nicht.‹ Wenn dann die Leute wissen wollten, wer das Mareili sei, das da regiere, so erzählte die Mutter mit Andacht von dem bsonderbaren Kinde, welches nicht sei wie die andern, sondern wie sie noch keines gesehen, darum es ihr auch so großen Kummer mache, dieweil sie gehört, solche Kinder lebten nicht lange. Dann bettelten die Kinder dies und jenes der Mama ab für Mareili und ließen ihm Botschaft werden, das nächste Mal solle es die Mutter begleiten, sie möchten es auch einmal sehen. Kam die Mutter am Abend heim, mußte sie die Geschichte des Tages erzählen, die Häuser beschreiben, in denen sie gewesen, und wiederholen, was die Leute gesagt, so daß die Kinder ganz genau bekannt wurden mit den Kunden der Mutter. Wenn sie die Botschaft an Mareili ausrichtete, so freute dieses Mareili, die andern Kinder nicht weniger, und keins fragte: ›Lassen sie mich nicht auch grüßen, soll ich nicht auch zu ihnen kommen?‹ Es war ihnen, als verstände es sich von selbst, daß dieses nur Mareili gelte, welches dann aber auch den bessern Teil der Geschenke an sie gelangen ließ. Die Mutter zu begleiten, weigerte es sich lange, es ging lieber zu seinen bekannten Erdbeeristüdeli als zu den unbekannten Menschen.

Einmal hatte es hart geregnet bis in den Vormittag hinein, Erdbeeren konnte man nicht gwinnen, wollte man nicht die Stüdeli verderben, die Beeren vercharen. Die Mutter wollte einige Körbchen vertragen, nur in kleinerm Kreise, da endlich ließ Mareili sich bewegen, sie einmal zu begleiten. Wie ein junges Reh, welches aus dem Walde ins offene Feld setzt mit gespitzten Ohren und aufgesperrten Augen, so trippelte Mareili in die Welt hinaus. Als es an der Mutter Schürze und hinter derselben halb verborgen zum Hause des ersten Kunden kam, ertönte alsbald durchs ganze Haus das Geschrei: ›DsMareili ist da, dsErdbeeri Mareili!‹ Und von diesem Tage an hieß es das Erdbeeri Mareili bis auf den heutigen Tag. Damals war es ungefähr acht Jahre alt und soll ein schönes Kind gewesen sein mit dunkelblauen Augen, halb scheu, halb wild, länglichtem Gesicht, verschlossenem Munde, blondhaarig und schweigsam. Mit weit offenen Augen sah es bald an die Menschen, die um ihns sich sammelten, bald zu der Mutter auf. Auf die ungezählten Fragen antwortete es nur, durch die Mutter gestoßen, lächelte und dankte für Guttaten, welche man ihm erwies, reichte langsam das Händchen, wenn man es verlangte, antwortete den Kindern auf ihr so freundliches Gerede mit freundlichen Blicken.

Ähnliches wiederholte sich in den meisten Häusern, an einigen Orten machte man über das Mareili laut Bemerkungen, als ob es taubstumm sei, hie und da freilich quasi welsch, das aber doch fast so verständlich wie deutsch klang. Es wurde dem Kind nach und nach unheimlich, angst, es erwildete und zog nach heim, keine Geschenke und Versprechen hielten es mehr. Es wäre der Mutter ausgerissen, wenn sie nicht den Rückweg eingeschlagen hätte. ›O Mutter, ists noch weit bis heim, o Mutter, sind wir nicht verirret?‹ jammerte es in einem fort. Es beruhigte sich erst, als sie ihr Häuschen sahen; denn bis dahin hatte es nicht einmal glauben wollen, daß sie wirklich im Tschaggeneigraben wanderten. Sie hatten einen reichen Erntetag gehabt. Mareili hatte große Freude, mit dem Besten seine Geschwister glücklich zu machen, und doch wollte Mareili nicht mehr mit der Mutter gehen: ›Mag das Gred und Gstürm nicht mehr hören und das Weltschen nicht; oh, erdbeeren ist viel schöner‹, sagte es. Umsonst frugen seine Geschwister: ›Mareili, willst nicht noch einmal gehen?‹, umsonst ließ man ihm von allen Seiten anbieten, man hätte etwas für ihns, es solle es holen. ›Mag nicht‹, sagte Erdbeeri Mareili, und dabei blieb es.

Als im folgenden Sommer die Erdbeerifrau sich wieder zeigte, hatte sie eine schwarze Schürze um. Dessen erschraken alle Leute und frugen, ob das Erdbeeri Mareili gestorben. Aber es war nicht Mareili, sondern Bäbeli, das gestorben. Dann entrann den Leuten wohl: ›He nu, Gottlob! So machts denn nichts.‹ Aber so war es doch der Mutter nicht. Bäbeli war ihr auch lieb gewesen, sie wußte viel von ihm zu rühmen, wie die Kinder sich lieb gehabt, wie Mareili ihm abgewartet und sich fast nicht habe wollen trösten lassen. Erst als die Erdbeeren reiften, wurde es wieder munter und fleißigte sich doppelt, damit die Mutter nicht weniger verkaufen könnte.

Und es schien, als hätten die Erdbeeren den gleichen Sinn, als wollten sie ihrem Mareili zu seinem Vorhaben helfen, denn nie blühten sie schöner und dauerten länger als in diesem Jahr. Die Frau brachte ihre Finanzen in Stand, tilgte die Rückstände, plagte die Nachbarn nicht, konnte den Hauszins zahlen ohne Hülfe der Gemeinde. Das brachte die Frau in Respekt; denn Fleiß, Sparsamkeit und niemand zur Last fallen galten von jeher viel im Bernerland. ›Marei‹, sagten die Nachbarn, ›Marei, wenn es alle so machten wie du, die Gemeinde wäre weniger geplagt mit Armen. Wenn eine begehrt, etwas zu verdienen, so ist noch immer etwas zu machen, der alte Gott und gute Leute leben immer noch, und die Kirschbäume blühen alle Jahre. Wenn du was mangelst, so sprich zu, es soll nicht nein sein, wenn wirs einmal haben. Es ist dann doch nicht, daß wir die wüstesten Hüng syge, aber dLüt müsse auch darnach tun.‹ Das sei guter Bescheid, sagte dann Marei, es danke dafür, aber solange es ihm möglich sei, plage es lieber niemand. Daß es ihnen ernst sei, hatten die Nachbarn erzeigt, als das Kind krank war, gingen ihm zum Doktor, brachten, was sie gut glaubten, was dann freilich nicht immer das Beste war.

Es schien, als habe der Tod eine besondere Freude an Mareis Kindern, denn im nächsten Winter erschien er wieder und holte Mareilis Brüderchen ab. Da war ein großer Schmerz in der Hütte, Mutter und Mareili konnten ihn kaum verwinden, zuweilen hörte man ein leises Weinen, sonst war es stille bei ihnen wie im Grabe. Die Mutter kostete ihr bitteres Leiden, sie mochte wollen oder nicht, fort und fort schluckte sie an dieser bittern Arznei, dachte an die Zukunft, was alles ihr noch warte, ob sie das Bitterste noch erleben müsse. Mareili lebte ein seltsam Leben, bald im Himmel, bald auf

Erden, beide waren eins und eng verflochten ineinander. Es dachte an seine Erdbeeren in Weid und Wald im Tschaggeneigraben, an sein Schwesterchen, sein Brüderchen im Himmel, ob sie dort oben wohl auch einen Erdbeeriberg hätten, und wie groß und schön wohl die Beeren wären. Ach und vielleicht sei kein Winter da oben, sondern Sonne alle Tage und reife Erdbeeren das ganze Jahr durch und nie Schnee und Frost! Wenn doch einmal Schwesterchen und Brüderchen kämen und ihns berichteten, wie es da oben sei, wie schön das Leben und wie groß die Erdbeeren! Wenn sie doch einmal zu ihm kämen, wenn es oben im Wald alleine sei, wenn doch einmal in den Erdbeeristüdelene Schwesterchen und Brüderchen säßen, zwei weiße Engelein, grüßten es freundlich und erzählten ihm von dem Wohnen im Himmel, und wie lieb der liebe Gott sie hätte, brächten ihm viel Beeren mit von oben und Krättchen und Körbchen für ihns und für die Mutter! Wenn in den langen Abenden die Lampe schläfrig wurde und düster, die Mutter emsig das Rad trieb, der Wind mächtig ums Häuschen rauschte, da gab Mareili seinen Träumen Worte, begann leise zu reden von den Engeln und zu fragen, ob sie noch auf die Erde kämen, ob wohl, wenn man recht fleißig sei und fromm und man dem lieben Gott so recht anhielte, man einen Engel sehen könnte, und wenn es und die Mutter recht beteten, er wohl Schwesterchen und Brüderchen erlauben würde, ihnen zu erscheinen und mit ihnen zu reden?

Die Mutter erschrak über solche Gedanken und wehrte ihnen. Sie glaubte, man könnte damit sich versündigen, die Kindlein an der Ruhe stören, daß sie wiederkommen müßten. ›Und denk doch, Mareili‹, sagte sie, ›was die Leute sagen würden, wenn sie wiederkämen! Sie würden ja meinen, die Kinder hätten sich so schwer versündigt, daß sie nicht an die Ruhe könnten.‹ Zugleich machte es sie traurig, denn sie hielt solche Reden für Vorboten des nahen Todes. Kinder, die viel von Engeln sprächen, würden bald auch solche, und Kinder, welche viel vom Himmel redeten, fühlten wohl, daß Gott sie bald holen lasse in den Himmel. Sie hatte schwere Angst, der dritte Winter koste sie das dritte und letzte Kind. ›Du mußt nicht von solchen Sachen reden‹, sagte sie, ›der liebe Gott hat es ungern, und du könntest dich versündigen‹, und um Mareilis Gedanken abzuwenden, erzählte sie ihm dann Gespenstergeschichten von graulichter Art, daß sie beide schlotterten wie Espenlaub und vor Schlottern kaum zu Bette konnten.

Die Mutter konnte Mareili wohl das Reden wehren, aber nicht das Denken. Die Bilder der Seele gestalteten sich um so lebendiger, es gestaltete sich in ihm ein fast zusammenhängendes Leben mit den Gestorbenen, lange, lange Gespräche führte es mit ihnen. Immer ungeduldiger ward es im engen Stübchen, sehnte sich immer mehr nach dem Warmen der Sonne, daß sie den Schnee ihm vertreibe und die Blümlein wieder wecke in der Erde Schoß. Die Mutter dagegen freute sich nicht darauf, es machte ihr angst. Es bangte ihr, das Kind so alleine gehen zu lassen in die Wildnis, sie versuchte, ihre eigene Angst dem Kinde einzuimpfen. Sie stellte ihm vor, wenn es sich verirren würde, die Hütte nicht mehr fände und elendiglich verhungern müßte im Walde. Mareili sagte: ›Ich verirre mich nicht, ich wußte värn und vorvärn den Weg immer am besten und verirrte nie, warum sollte ich jetzt noch verirren?‹ ›Ja, wenn du verhexet würdest!‹ sagte die Mutter; ›man hat Beispiele, daß man in bekannten Wäldern so verhexet wurde, daß man nie mehr den Ausgang fand.‹ ›Aber Mutter, warum wurden wir värn und vorvärn nicht verhexet? Es sollte doch den Hexen mehr der wert gewesen sein, drei zu verhexen als nur eins, und was hätten wir wehren wollen?‹ ›Ja, aber es könnte was anders geschehen, denk, es gibt Drachen im Walde, böse Tiere, welche die Kinder fressen, und Berggeister, welche Kinder stehlen und sie in unterirdische Höhlen führen, wo sie Sonne, Mond und Sterne nie mehr sehen‹, sagte die Mutter. ›Aber, Mutter, sie hätten uns ja värn und vorvärn auch stehlen können‹, sagte Mareili, ›und haben es doch nicht getan.‹ ›Es wäre an einmal zu viel‹, sagte die Mutter, ›und willst du dann deiner eigenen Mutter nicht mehr glauben, ei, aber Mareili, das duret mich, habe doch geglaubt, du seiest nicht wie die andern wüsten Kinder, welche Vater und Mutter nichts mehr glauben wollen, und machst es mir jetzt so!‹ ›Mutter, ich will dir alles glauben, wenn du mich willst erdbeeren lassen, sonst will ich sterben, dann kann ich zu Brüderchen und Schwesterchen und kann mit ihnen erdbeeren, wo keine Unghürer sind und alle Tage Sommer.‹ ›Aber, Mareili, rede nit von Sterben, könntest dich versündigen, wollen ja erdbeeren wie sonst, aber mußt mir nicht mehr so reden‹, sagte die Mutter.

Auch dieser Winter verrann, und alle Tage mächtiger zog die Sonne das Kind an die warme Halde, wo die ersten Erdbeeren blühten und reiften. Die Mutter konnte es nicht mehr halten und ging mit ihm, las aber, weil es sich für eine arme Frau nicht schickt, müßig spazieren zu gehen, Holz auf und brach Reckholderschützlig ab. Sie mußte sich wirklich wundern, wie Mareili überall Bescheid wußte im weiten Walde, jede Tanne kannte, immer zum voraus sagen konnte, was kommen werde, ein Bach, die größte Tanne oder die, welche der Blitz gespalten. Und als sie an die Sonnseite kamen, wo schon alles lebendig war, zeigte es ihr das frühste Erdbeeristüdeli und fand zu seiner großen Freude schon Blüten dran. ›Mutter, dort war ein Amselnest, ist wohl wieder eins da?‹ Richtig saß unter dem Tannbüschli brütend die Amsel und floh überrascht diesmal weg, doch nicht weit. Auch die bekannte Häsin sprang auf, setzte über einige Stauden weg, dann auf die Hinterbeine und sah sich verwundert um, als wenn sie sich vergwissern wollte, obs das Mareili sei oder jemand anders; des verwunderte sich die Mutter sehr, es wollte ihr aber fast vorkommen, als ob dies nicht natürliche Tiere seien, sondern verzauberte, es ward ihr anfangs unheimlich dabei. Sie begleitete anfangs das Kind beim Beeren und gewöhnte sich an die bezauberten Hasen und andere Vögel, daß sie ihr ganz natürlich vorkamen. Nach und nach aber ließ sie Mareili alleine gehen, denn sie sollte pflanzen und verdienen; die Krankheit der Kinder hatte sie zurückgebracht. Wo der Verdienst nur kreuzerweise eingeht, da wird jeder Kreuzer, der nicht eingeht, und jeder Kreuzer, der unerwartet ausgeht, schwer empfunden, hinterläßt Nachwehen.

Mareili wußte dies wohl, kannte beim Kreuzer Schulden und Vermögen der Mutter. Je kleiner die Hütte ist, desto kleiner werden die gegenseitigen Geheimnisse; wo Hühner und Menschen in einem Stübchen wohnen, kann eins vor den andern nicht viel verbergen. Mareili hatte diesmal Mühe, die Erdbeeren so recht reifen zu lassen, und jeder trübe Tag war eine Prüfung Gottes, die Mutter hatte um so länger kein Geld und es doch so nötig. Endlich bleibt nicht ewig aus, endlich wars erlebt, das Gewinnen begann, aber jetzt nur noch mit zwei Händchen zumeist statt mit sechs, und die Mutter hatte mehr Geld nötig als nie. Zudem schien es kein Erdbeerijahr werden zu wollen, es regnete viel und war nicht heiß. Kornjahre und Weinjahre kennt man, nicht bloß jedes Kind weiß, was sie zu bedeuten haben, sondern sie haben große Bedeutung in der Weltgeschichte. Von Erdbeerijahren redet kein Mensch, kein Geschichtschreiber zeichnet sie auf, und doch haben sie große Bedeutung für arme Kinder und arme Weibchen. Nun, das wird eben daher kommen, daß die Geschichtschreiber sich mehr kümmern um Weinherren und Kornwucherer als um arme Kinder und arme Weiber.

Mareili wollte mit Fleiß ersetzen, hatte weder Ruhe noch Rast, war früh und spät, daß die Mutter oft die Hände über dem Kopfe zusammenschlug über den Segen, den es heimbrachte. Da ward noch dazu das Wetter beständig, die Sonne heiß, alles wollte auf einmal reif werden, Mareili wußte gar nicht, wie wehren. Begreiflich ward das Kind bei der verdoppelten Anstrengung sehr müde. Wenn es des Morgens erwachte, waren ihm die Glieder wie angeleimt im Bette, daß es sie kaum heben und bewegen konnte. Die Mutter mahnte oft zur Ruhe, oder einen Tag daheim zu bleiben, aber Mareili wollte nicht, und ließ sie es eines Morgens ausschlafen und weckte es nicht, weinte es so bitterlich und ward böse über die Mutter, daß sie es nicht mehr tat; Mareili wollte nichts versäumen, Mareili wollte immer zu rechter Zeit auf dem Platze sein. Brüderchen und Schwesterchen wüßten, dachte es, um welche Zeit sie sonst das Gwinnen angefangen; wenn sie nun einmal zu der gleichen Zeit kämen und es wäre nicht da und es käme nun nicht, so konnten sie ja meinen, es sei nicht mehr da, käme nicht wieder, könnten dann gehen und nie mehr kommen. Mareili träumte im stillen nur von diesem Erscheinen, aber es ließ es die Mutter nicht merken, weil es sie betrübte im Gemüte. Alle Morgen, wenn es durch den Wald ging, war es gefaßt auf eine Erscheinung hinter den Bäumen hervor, oder es finde sie sitzen an der Halde mitten in den Erdbeeren, oder wenn es beim Gwinnen aufsehe, stünden sie plötzlich vor ihm in weißen Engelskleidern.

Wie oft es vergeblich träumte, es träumte doch am folgenden Morgen das gleiche wieder, es war auch eine von den Hoffnungen, welche alle Tage neu werden. Oft ging es den ganzen Tag nicht heim, wenn es an entferntern Orten beerte. Dann geschah es wohl, daß, wenn die Sonne mitten am Himmel stand, es heiß ward auf Erden und es am Schatten sein Stücklein Brot verzehrte und aus einem Krüglein einen Tropfen Milch dazu, Meister Schläflein kam, sich in Mareilis Augen ein Nestlein baute, die Vorhänge fallen ließ, um süß zu schlummern im Dunkeln. Es wehrte sich wohl dagegen, und wenn es aufwachte und merkte, was geschehen war, hatte es es ungern, aber Meister Schläflein ist ein gar mächtiger Mann, kann schlafen, wo er will, Könige zwinget er, geschweige denn Kinder.

Eines Tages war sein Suchen besonders gesegnet. An ein neu Plätzlein war es gekommen, wo es noch nie gewesen und sonst noch niemand, so dicht, groß und dunkelrot hatte es die Beeren noch nie stehen sehen. Um Mittag aber ward es gar grimmig heiß, aber fast ein ganzes Tagewerk hatte es schon vollendet. So setzte es sich mit ruhigem Gewissen an Schatten, aß sein Brot, und als auch diesmal Vetter Schläfli kam, wehrte es sich nicht so nötlich und ließ ihn machen. Alsbald träumte es wieder. Es wußte, die Engelein waren da, aber es sah sie nicht, es hörte sie nicht, es wollte sie suchen, aber es konnte nicht, seine Glieder waren gebunden. Plötzlich hörte es eine Stimme dicht über sich wie vom Himmel herab, es fuhr auf, und vor ihm stund ein Engel und beugte sich über ihns. Ein wunderschöner Engel wars mit dunkeln Augen und dunkelm Haar, von hoher Gestalt, mit weißen Kleidern angetan. Leise den Kopf zur Seite geneigt und das ganze Gesicht voll Liebe, sprach der Engel zum Kinde gar hold und weich, aber das erschrockene Kind verstund ihn lange nicht. Es war nicht das Brüderchen, nicht das Schwesterchen, der Engel war viel größer und schöner, blickte so lieblich aus seinen dunkeln Augen und doch mit wunderbarer Kraft, als vermöge er die Seele zu ziehen aus dem Körper des Menschen, als sei er der Engel, der umgehe auf Erden, die schönsten Seelen zu sammeln und dem Vater sie zuzuführen. Endlich verstund Mareili, wie er ihm zusprach, nicht erschrocken zu sein, ihns liebes, liebes Kind hieß, sonst viele holde Worte ihm sagte, endlich nach den Erdbeeren ihns fragte, ob es wohl geben wollte von den prächtigen, die da in Krättchen neben ihm stunden. Mareili sah mit offenen Augen den Engel an, aber reden, antworten konnte es nicht, es nickte bloß, es reichte ihm die schönsten, und als der Engel davon aß, glänzte sein Gesicht auf wie das Gesicht eines Engeleins, und als der Engel fragte, ob er das ganz große Krättchen haben könnte, nickte Mareili noch freudiger und faltete die Hände, als ob es beten wollte. Da küßte der Engel das Kind auf die Stirne, gab ihm ein glänzend Silberstück, ging in die Bäume, sah noch einmal eilend sich um, und wie schöne Sterne glänzten seine Augen, da verschwand er.

Jetzt hatte Mareili einen Engel gesehen, es war nicht Brüderchen, es war nicht Schwesterchen, aber ein Engel wars gewesen. Erstaunt hörte die Mutter Mareilis Bericht, aus dem sie lange nichts machen konnte, da die Worte wirr durcheinanderflogen wie ab einem Kirschbaume die Blüten, wenn der Wind dareinfährt. Endlich sagte die Mutter, es sei ein Traum gewesen und anders nicht. Da zeigte Mareili das Silberstück, da wußte sie nicht, was sie sagen wollte, der Verstand stund ihr lange still. Endlich ging er wieder, und sie sagte, sie hätte eigentlich nie gehört, daß die Engel Geld hätten, nach den schönen, weißen Kleidern sei das eine vornehme Herrenfrau oder Herrentochter gewesen, die hätten solche Kleider und schönes Geld. Aber Mareili meinte, es wüßte nicht, warum die Engel nicht Geld haben könnten; Gott könne ihnen ja geben, was er gut finde, und wenn er den Menschen soviel Geld gebe, so könne er den Engeln ja noch viel mehr geben. Es beschrieb die Erscheinung noch viel englischer und herrlicher, daß die Mutter wirklich nichts mehr zu entgegnen wußte und halb und halb sich in den Glauben des Kindes gefangen gab, besonders als alle Nachbarn sich auf die Seite des Kindes stellten. ›Wie wollte doch eine vornehme Herrenfrau oder Herrentochter dahin gekommen sein!‹ sagten sie, ›von einem Engel hergegen wird man es wohl begreifen.‹

Eines kränkte Mareili. Es hatte dem Engel nichts gesagt, ihn nicht gefragt nach Brüderchen und Schwesterchen, ihm nicht Grüße an sie aufgetragen, ihn nicht gefragt, ob auch ein Erdbeerenberg im Himmel sei, und wie schön die Beeren daselbst würden. Sein Trost war, er werde wiederkommen. Dann wollte es ihn aber auch zur Mutter führen, damit die auch einmal einen Engel sehe und künftig ihm glaube, wenn noch mehrere zu ihm kommen. Aber der Engel kam nicht wieder, und andere kamen auch nicht. Umsonst setzte es sich, sooft es sich tun ließ, um Mittagszeit ans gleiche Ort, dann kam Vetter Schläfli, kamen Träume, aber nie weckte ihns wieder eines Engels Stimme, nie stand, wenn es die Augen aufschlug, ein Engel da. Darum verklärte sich der Engel in Mareilis Gedanken immer herrlicher, und der Glaube, daß es wirklich ein Engel gewesen, wurde alle Tage fester. ›Wäre es kein Engel gewesen, so wäre er wiedergekommen‹, sagte man.

Je mehr der Glaube an den Engel sich festsetzte, desto mehr wuchs der Mutter der Kummer, der weiße Engel bedeute den Tod, daß dieser das dritte Kind im dritten Winter holen werde. ›Was wollte er anders bedeuten!‹ sagte sie. Der dritte Winter kam mit großer Angst und vielem Bangen, aber Gottlob ohne Tod. Mareili war auch nicht ein einzigmal krank, und als der Frühling kam, war es selbst das schönste Erdbeeri in Wald und Weid.

So lebten sie fort Jahr um Jahr in glücklicher Gleichförmigkeit, von Gott gesegnet. Der Segen war freilich nur klein. Güter der Welt gewannen sie nicht, aber es genügte ihnen, machte sie glücklich, und was will man mehr? Was änderte, war, daß Mareili alle Jahre größer und stärker wurde, die Mutter älter und schwächer, die Gliedersucht war es, welche sie hauptsächlich plagte. Das Gehen ward ihr beschwerlich; wenn es anderes Wetter geben wollte, konnte sie die Beine fast nicht mehr vorwärts bringen. Mareili mußte sich daher nach und nach auch ans Vertragen gewöhnen. Es gewöhnte sich aber schwer daran, es ward ihm unheimlich draußen in der weiten Welt unter den vielen Menschen. Die langen und breiten Straßen langweilten ihns unendlich. Es erzeigte es aber der Mutter so wenig als möglich, damit sie sich nicht über ihre Kräfte anstrenge, um selbst zu gehen.

Der Eintritt Mareilis in die Welt erregte Aufsehen und Freude bei der Kundschaft, die sich durch ihns noch vergrößerte. Mareilis Wesen hatte etwas Eigenes, fast möchte man sagen, Vornehmes, trotzdem daß es barfuß ging. Es war kurz in seinen Worten, aber freundlich, hielt feste Preise, hielt sich höchst selten an einem Orte länger auf, als es sein mußte, wie gerne man auch mit ihm geplaudert hätte, und wenn ein Herr, besonders ein junger, ihm was sagen wollte, so lief es davon wie ein Reh, das einen Hund anschlagen hörte. Es brachte in seinen Absatz nach und nach eine Art System und zwar nach Sympathie und Antipathie. Es entdeckte nach und nach etwas, welches vielen Leuten verborgen bleibt, denn Mareili hatte nur dünne Haut, der meisten Leute ihre ist dagegen mit Sohlleder gefüttert. Es fühlte, daß ihm aus jeder Haustüre ein eigener Geist entgegenwehe und an jeder Türe ein anderer und zwar an den meisten Orten stetig der gleiche, nur, wie auch der Wind geht schärfer oder leiser, ein milder, freundlicher, ein roher, hochmütiger, ein geiziger oder mildtätiger, ein teilnehmender, ein harter, ein lustiger oder ein lüsterner, ein nobler oder ein gemeiner, kniffsüchtiger.

Es war ihm schon ums Haus herum, als fühle es diesen Geist, und selten täuschte es sich. Er kam ihm aus der Haustüre entgegen, es nahm ihn wahr, je nachdem man ihns warten oder nicht warten ließ, ihm auf seinen Gruß dankte, die Körbchen ihm abnahm, die Ware beurteilte, marktete, das Geld brachte und was für Geld! Je nachdem der Geist war, je nachdem wurde ihm das Haus lieb oder widerlich. Es gab Häuser, vor welchen es floh, als sei die Pest darin, vor die man ihns mit keinem Lieb gebracht hätte. Oh, wenn die Leute so gierig nach einem Körbchen haschten, mit den Fingern darin herumfuhren, die schönsten Beeren hervorgrübelten, alles verchareten, von einem Körbchen zum anderen fuhren, ein Mensch nach dem andern zum Versuchen kam, alles beschnüffelten, verhergeten, verblitzgeten und am Ende nichts kauften oder für einen Batzen oder zwei und kaltblütig ihns laufen ließen mit seinen entehrten Körbchen, die es vor keines Menschen Augen mehr abdecken möchte, wie ihm da das Herz blutete, wie es da das Haus floh für immer, als hausten darin Hunger, Pestilenz und Krieg und die übrigen bösen Geister alle! Es hatte verschiedene Striche, welche es besuchte, und in jedem Striche Häuser, welche höher oder tiefer standen in seiner Gunst je nach dem Geiste, der darin wehte. Darnach ordnete Mareili auch seine Erdbeeren und seine Wege. Es mußte nicht zu machen sein, so spielte es einem Lieblingshaus, wo man es freundlich begrüßte, billig behandelte, namentlich die Kinder manierlich taten, gute Worte ihm gaben, das schönste Krättchen zu, daß alle hell aufjauchzten, die Hände über dem Kopfe zusammenschlugen über die prächtigen Beeren und dringlichst ihns hießen bald wiederkommen. Mit der abnehmenden Gunst nahmen auch die Erdbeeren ab an Größe und Schönheit oder waren allesamt mittelgut, doch immerhin so gut, als irgendein Erdbeerimeitschi sie im Lande herumtrug. In der Regel kam es glücklich seinen Vorrat ab, und blieb ihm zuweilen auch ein Krättchen oder Körbchen übrig, he nun, so machten sie einen Erdbeeristurm und lebten auch wohl daran.

Dann gab es in jedem Sommer einige unglückliche Tage, wo nichts ihm ging, wie es wollte, sondern immer das Gegenteil, wo es ihm schien, als sei es verkauft und verraten oder gar verhext. Die schönsten Erdbeeren wurden ihm weggeschnappt, es wußte nicht, wie, die besten Kunden traf es nicht an, hier war man schon versorgt, dort laxierte man und konnte Erdbeeren nicht brauchen. Dann mußte es die Tour erweitern, an neue Häuser klopfen, das tat es äußerst ungern. Zu jedem neuen Hause ging es mit Schrecken, es wußte nicht, welch Geist ihm aus dem Hause entgegenkommen, was für ein Hund vor dem Hause bellen werde. Vor solchen Häusern, wo man ihns nicht kannte, ging es ihm selten gut, es wurde grob behandelt, grob abgefertigt, manchmal durch eine Stimme aus irgendeinem Loche her, es wußte nicht, ob über oder unter der Erde.

Nun war es an Mareili, Bericht aus der Welt zu bringen, der Mutter seine Erlebnisse mitzuteilen. Solche Berichte waren das Labsal der Mutter, aber die Hauptsache blieb ihr immer, wer nach ihr gefragt, ob man an die Erdbeerifrau noch denke? Man ist nicht gern vergessen schon bei Lebzeiten, man lebt gerne lange, und wenn man auch sterben muß, möchte man doch gerne noch lange leben nach dem Tode. Es ist kaum ein Bettelmannli auf Erden, welches nicht an dem Gedanken wohllebt: Was wird man sagen, wenn ich nicht wiederkomme. Man wird noch oft an mich denken. Und ach, wenn die Menschen drei Wochen nach ihrem Tode gucken könnten aus irgendeinem Himmelsfenster in die hinterlassenen Häuser und die hinterlassenen Herzen hinein, es würde den meisten übel gschmuecht werden, trotzdem daß sie im Himmel wären. Ja und wenn die Menschen drei Wochen nach ihrem Tode wiederkommen könnten auf Erden, so würde es den meisten betrübten Hinterlassenen übel werden, daß sie meinten, sie müßten sterben, ja, da würde es auch wahr, daß der zweite Schmerz größer wäre als der erste.

War es möglich, so zwängte die gute Frau alle Jahre ihre schweren Beine noch einmal in die Welt hinaus den Kunden nach, um sich persönlich zu überzeugen, wie lieb die Leute sie noch hätten und noch lange nicht vergessen. Und wenn sie dabei von weitem ein Tönchen aufgabeln konnte, als hätten die Leute sie noch lieber als Mareili, als hätte sie ihre Sache doch noch besser gemacht, so war sie überglücklich. Das war dann auch das erste, was sie Mareili berichtete, und wie sie glaube, sie hätte noch das größere Zutrauen und brächte eine größere Losung zweg. Mareili gönnte diese Freude der Mutter von Herzen, und in demselben war keine Spur von Eifersucht. Hatte es ja doch auch seine eigenen Freuden, welche die Mutter nicht kannte. Hatte es doch so innige Freude an den Erdbeeren nicht bloß um der Losung, sondern um ihrer selbst willen, weil sie ihm so lieb waren. Hatte es sein ganzes inneres Leben mit all seinen Träumen, wo doch der von dem schönen weißen Engel ihm einer der liebsten blieb und die Hoffnung, es werde ihn doch noch einmal wiedersehen. Das gute Kind lebte am liebsten in der wunderbaren, dunkeln Welt, die jenseits unsrer Sonne liegt, nach welcher seit Jahrtausenden die Gelehrten ausziehen mit Fackeln, Stangen und Spießen, sie zu erobern, und, wenn sie dann lange mit ihren Stangen und Spießen im Nebel herumgeguselt vergeblich, sie nie an ihren Spieß gekriegt, ihr Dasein in Abrede stellen und der Welt klar demonstrieren, es existiere keine solche unsichtbare Welt, weil, wenn eine wäre, sie dieselbe hätten an ihren Spieß kriegen müssen, nun hätten sie aber keine dran gekriegt, ergo sei auch keine. Nun existieren aber, Gott sei Lob und Dank, gar viele Dinge, welche Gelehrte und Weise dieser Welt nie und nimmer kriegen an ihren Spieß, dieweil sie trotz aller Weisheit nie fassen und begreifen werden, was als Himmelsgabe kindlichen Gemütern gegeben ist und über allen Verstand der Verständigen geht, kein Chemiker es mit seiner subtilen Wage wägen, mit irgendeinem Stoffe fassen, zersetzen oder binden kann.

Je verständiger und sinniger Mareili sein Tagewerk betrieb und Ordnung in dessen Verlauf brachte, desto eifriger trachtete es darnach, ein bestimmtes Kennzeichen sich zu merken, ob ein Tag glücklich oder unglücklich ablaufen werde. Wieviel konnte es sich ersparen, wenn es an unglücklichen Tagen nicht hinausging in die Welt, wo es nichts fand als Verdruß und Mühe!

Aber es ging ihm sonderbar. Glaubte es eins entdeckt zu haben, weil es einigemal eingetroffen, und wollte darauf abstellen, so fehlte es das nächste Mal gänzlich, es ging ganz das Widerspiel. Es achtete sich auf die Träume der Nacht, des Beines, welches zuerst aus dem Bette kam, des ersten Vogelgeschreis, des ersten begegnenden Menschen, des Stolperns und Nichtstolperns, und alle Zeichen waren gut, und alle Zeichen täuschten, und kehrum glaubte Mareili an jedes mit immer festerm Glauben. Zu einer Zeit, als eben sein Glauben auf Träume sich gestellt, hatte es immer und immer mit trübem, wüstem Wasser zu tun, es war in Todesängsten und Todesnöten.

›Mutter‹, sagte es am Morgen, ›heute habe ich einen bösen Tag, lauter Unglück und Verdruß; wenn es immer zu machen wäre, ich bliebe daheim, trübes Wasser ängstete und nötete mich gar zu grusam.‹ ›Das ist bös‹, sagte die Mutter, ›gehst nicht, so charen die Erdbeeren, darfst sie nicht mehr vertragen, hast von zwei Tagen beisammen, was wir beide gwinnen mochten, und es gab so wohl.‹ ›Weiß es wohl, Mutter‹, antwortete Mareili, ›sagte ja bloß, wenn es zu machen wäre. Will es in Gottes Namen probieren, mich grusam in acht nehmen; z'töte wird es ja nicht gehen.‹ Mareili ging.

Die erste Person, welche ihm begegnete, war eine alte, böse Frau, welche im Rufe stand, sie könne mehr als Brot essen, sie könne hexen. ›Es ist doch gut‹, sagte Mareili, ›halte ich nicht mehr alles auf der Sache, die hätte mich sonst können zurücktreiben.‹ Als es dahin kam, wo der Tschaggeneigraben ins weite Land sich mündete, käderten ein ganzes Regiment Ägersten gar mörderlich. Alle Bäume waren voll, es war, als ob sie eigens wegen Mareili hier eine Versammlung angestellt hätten. Das stellte Mareili. ›Soll ich, oder soll ich nicht?‹ sagte es. ›Auf dem Vogelgeschrei halte ich noch am meisten; aber es trifft ja alles zusammen, das muß etwas zu bedeuten haben, viel Böses allweg. Aber i Gotts Name, sei das jetzt, wie es wolle, es muß gegangen sein. Ich will brav beten, es ist doch am Ende der liebe Gott der Meister, und dÄgerste werde nit alles könne zwänge, und am Ende, was sy soll, muß ja sy!‹

Indessen mit dem Mißgeschick schien es denn doch ernst zu sein, es ging ihm alles verkehrt und wie verhext. Im ersten Hause, für welches es seine schönsten Erdbeeren gebeizt, war niemand daheim als eine alte, böse Magd. Diese hatte Mareili schon lange auf dem Strich, mißgönnte ihm jedes gute Wort, jedes Geschenk, welches man ihm gab, als wenn es von ihrer Sache genommen wäre. Wie die jetzt glücklich war, als sie es einmal in Schußweite vor ihrem Maule hatte! Man brauche nichts, sagte sie. Es würde ihm auch besser anstehen, etwas zu arbeiten, als nur den faulen Hund zu machen, alle Tage den Leuten vor der Türe zu stehen. Das sei nicht viel anders als betteln; wer bettle, stehle und mache sonst noch, was er könne, bsunders so große Meitscheni, pfy Tüfel! Vor dem Gsindel komme man selbst nicht mehr zur Arbeit, werde alle Augenblicke davongesprengt. Mareili bekam den Hals so voll, daß es nicht einmal fragen konnte, wann es wiederkommen solle, und ging weiter, fand in einem Hause die Leute, welche Erdbeeren aßen, krank, ein anderes Haus mit Erdbeeren so überfüllt, daß sie nicht alle brauchen konnten, an einem vierten Orte sagte man ihm trocken: ›Mangeln keine.‹ Und als es sagte, es hätte doch so schöne, ließ man es einfach ohne Antwort stehen, bis es endlich ging. Das tat ihm so weh, man glaubt es nicht.

Sein Herz ward ihm ganz schwer, sein Gemüt voll Elend, denn mit seinen Kunden stund es nicht bloß in einem Erdbeeriverkehr, sondern in einem gemütlichen, sie waren so gleichsam seine Freunde und Verwandte. Sein Elend half ihm nicht von den Erdbeeren, es mußte seinen Ring weiter schlagen, mußte zu neuen Häusern, sogar vor Wirtshäuser. Diese waren ihm in der Regel am meisten zuwider, da fiel es in die Hände der Köchinnen und Stubenmägde, die gar zu gerne schnöde und schnippisch mit den Leuten umgehen, besonders mit Erdbeerimeitscheni. Mareili fürchtete sie auch mehr als die großen Hunde vor den neuen Häusern, von denen es noch nicht wußte, aus welchem Ton sie bellen. So setzte es endlich wohl etwas von Erdbeeren ab, doch langsam und mit Verdruß statt mit Freude. Wenn es vor dem Gschänden nicht einen so großen Grausen gehabt und die Erdbeeren dafür ihm nicht zu lieb gewesen wären, es hätte sie hinter einen Zaun geschüttet und wäre heimgelaufen.

Da könne man sehen, dachte es, ob man sich der Zeichen achten soll. Wenn man doch nur den rechten Glauben hätte, könnte es einem nicht fehlen. Bei einem Hause gab ihm endlich eine freundliche Frau Bescheid. ›Kann sie wäger nicht nehmen, Meitschi‹, sagte sie, ›ich täte es dir sonst gerne zu Gefallen, aber wir essen keine Erdbeeren, sie erkälten uns zu sehr. Aber weißt was, ungefähr eine Viertelstunde von hier ist ein großes Herrenhaus, haben immer viele Leute dort. Dorthin gehe; hast schöne, brauchst sie sicher.‹ So weit war Mareili noch nie gegangen, so weit von Hause noch nie gewesen, noch nie in der Nacht ausgeblieben, schon so spät und noch so weit! Solche Angst um Absatz hatte es nie empfunden. In Gottes Namen, dachte es, eine Viertelstunde zwingt nicht alles, aber dann keinen Schritt weiter, sondern heim. Es war eine lange Viertelstunde. Maßleidig schleppte Mareili sie ab. Endlich merkte es an wohlgepflegten Baumgängen die Nähe des Herrenhauses. Mit Bangen betrat es sie, und dieses Bangen mehrte sich bei jedem Schritte. Es war so einsam in denselben, so seltsam knirschte der Kies unter seinen Tritten, so feierlich rauschte der Wind in den alten Bäumen, es kam ihm vor, als ginge es zu einem Zauberschlosse, von dem die Mutter ihm oft erzählt hatte, wo alles, was in dessen Nähe kam, verzaubert und verwandelt wurde in Pflanzen oder steinerne Säulen oder gebannt in Bäume oder Brunnen. Es trappete immer leiser ab, gerade wie wenn es des Morgens durchs Stübchen ging und die Mutter nicht wecken wollte. Plötzlich sah es seinen Engel neben sich stehn, weiß und schön wie vor Jahren, die mächtige Fee im Zauberschlosse, die alles verwandelte, was in ihre Nähe kam. Und Mareili versteinerte, starrte mit offenem Mund und Augen wie damals an der Erdbeerihalde die Erscheinung an. Der Engel sah das plötzliche, lautlose Erstarren des Mädchens, betrachtete es schärfer, länger mit seinen wunderbaren, tiefen Augen, rief dann freudig: ›Was, mys Erdbeeriengeli von den Bergen! Bists oder bists nicht, red, mys Kind, oder kannst nit, bist stumm, doch nicht? Gelt, du kannst reden?‹ Und des Engels Macht, welche in seinen Augen war, löste den Bann, zog die Stimme aus der zusammengezogenen Brust, und das Erdbeeriengeli sagte endlich: ›Gottlob nit!‹

Es ist ein selten Ding auf Erden, daß zwei Engel sich begegnen, sich jahrelang im Andenken bewahren und als Engel wieder finden – auf Erden. Der eine Engel war das Schloßfräulein, der andere das

Erdbeeri Mareili. Das Erdbeeri Mareili war innig bewegt, seine Augen begannen zu strahlen in feuchtem, dunkelblauem Glanze, es freute sich seines Engels, aber still und innerlich. Des Schloßfräuleins Freude war lauter; so weit seine weiche Stimme reichte, sammelte es die Leute, stellte das Erdbeeri Mareili unter sie und erzählte, wie endlich das Erdbeeriengeli gefunden sei, von dem es ihnen so oft erzählt, wie es dasselbe gefunden, als sie auf ihren Berg gegangen, oben in einer Weide schlafend unter einer Haselstaude, dasselbe aufgeweckt und ihm Erdbeeren abgekauft und so reuig gewesen, daß es dasselbe so schnell verlassen, weil es gefürchtet, die übrige Gesellschaft nicht mehr zu finden. Das Kind habe ganz einem Engelein geglichen, aber nicht geredet, es wisse nicht, ob aus Furcht, oder weil es stumm gewesen. Mareili mußte nun Auskunft geben, wer es sei. Es komme aus dem Tschaggeneigraben, man sage ihm nur das Erdbeeri Mareili, berichtete es. Da war wieder eine große Freude unter allen, denn alle hatten schon von dem Erdbeeri Mareili gehört, und das Fräulein sagte, es habe sich schon lange geärgert, daß dasselbe nicht zu ihnen komme, Aufträge gegeben, daß man es ihnen zuweise, aber keine Ahnung gehabt, daß das Engeli und das Mareili ein Wesen seien. Daß Mareili seinen Erdbeeren abkam und bewirtet wurde, versteht sich, und recht betrübt ward das Fräulein, als Mareili heimpressierte und für kein Lieb da über Nacht bleiben wollte, weil dsMüetti Angst hätte; und ein gut Meitschi macht, soviel an ihm, Müetti nie Angst. Es mußte versprechen, bald, bald wiederzukommen, und doch sah lange das Fräulein traurig ihm nach mit den Augen voll Liebe, als ob es schon oft erfahren, daß verschwunden und nicht wiedergekommen, was es geliebt, und wieder nun fürchte, es möchte die liebe Erscheinung auch schwinden und nicht wiederkommen.

Von Mareili war alle Müdigkeit gewichen; es kam heim, als hätte es Räder unter seinen Füßen, als hätte die Freude ihm Flügel wachsen lassen. Einen Augenblick nur hatte es ihns betrübt, daß es nicht ein wirklicher Engel gewesen, des Fräuleins holdes Wesen hatte ihns bezaubert, jetzt war es glücklich, seinen Engel auf Erden zu haben in Menschengestalt. Jetzt sei es doch gut gewesen, dachte es, daß es den Weg unter die Füße genommen trotz trübem Wasser, alten Weibern und der Ägersten Gekreisch. Indessen hätten die doch allweg etwas zu bedeuten gehabt, einen ganzen Tag voll Verdruß und Unglück. Aber weil es das alles ausgehalten, sich in nichts versündigt, die Beeren nicht hinter den Zaun geworfen, sei am Ende doch alles gut gekommen, große Freude und Glück, welche es nie gehabt, wenn das Mißgeschick ihns nicht so weit getrieben. Und allweg hätte es nicht alles annehmen und aushalten können den ganzen Tag, wenn es nicht gemahnt worden wäre an Unglück und Verdruß und sich daraufhin hätte fassen können. Wie gute Eltern den Kindern gute Ermahnungen auf den Weg geben, daß sie sich in acht nehmen möchten vor allem Bösen und standhaft sein in allem Guten, so werde es auch Gott tun, wenn man ihn lieb habe. Darum sei gut, wenn man sich allem achte und denke, es komme von Gott.

Die Mutter verstaunete ganz, als Mareili ihr berichtete, wie es ihm heute ergangen, und wie es den Engel lebendig auf der Welt gefunden. Als sie aber vor Erstaunen zu sich selbsten kam, sagte sie alsbald: ›Habe ich es nicht von Anfang an gesagt, es sei kein Engel gewesen, sondern eine vornehme Herrenfrau oder Herrentochter?‹ Daran, daß sie es von Anfang an gesagt und nur um Mareilis willen geschwiegen, lebte sie wenigstens ebensowohl als am Engel selbst. Mareili gönnte und ließ der Mutter die Freude, recht gehabt zu haben, wie die Mutter ihm die Freude am Engel, und, wo jedes dem andern seine Freude gönnt, da ists schön, da ist Friede.

Wo ein gefundener Engel in einen Lebenskreis trittet, da gibt es neues Leben begreiflich. Um ihn bewegten sich ihre Gespräche, er bildete den Mittelpunkt ihres Erdbeerilebens. Mit besonderem Geiste wurden für das Fräulein die schönsten Beeren gewonnen. Mareili kannte natürlich die Stellen, wo sie am schönsten und größten wuchsen, dort sammelte es, wenn es ins Schloß gehen wollte. Zweimal in der Woche geschah es anfänglich, bis die Beeren rarer wurden; das waren seine Festtage, sorgfältiger kleidete es sich, früher machte es sich auf den Weg, rascher ging es, es war ihm fast, wie wenn es an großen Feiertagen zur Kirche ging. Das Fräulein sah es fast allemal, fühlte die magnetische Kraft in den dunkeln Augen, die ihm das Herz bewegten, fast wie der Engel das Wasser im Teiche Bethesda, mit dem Unterschied jedoch, daß es Mareili nicht trüb ward im Herzen, sondern hell und licht, eine klare Freudenflamme loderte. Das Fräulein sprach, wenn immer tunlich, mit Mareili, freute sich seiner und war teilnehmend, doch etwas ungleich, freundlicher und ernster, milder und erregter. Mareili fühlte den Unterschied und betrübte sich darüber, doch nur um des Fräuleins willen, dachte nicht von ferne daran, den Grund dieser Verschiedenheit bei sich zu suchen. Das Fräulein war sein Engel geblieben, seine Erscheinung ihm jedesmal eine himmlische. War diese Erscheinung trüber, dunkler, so kümmerte es sich darüber, sah mit großer Liebe zu ihr auf und hätte fragen mögen, was fehle, ob es helfen könne.

Und wenn es auch nur die Erscheinung hatte, sie ihm bloß von ferne zunickte und auch nicht nickte, so war Mareili zufrieden und dachte wohl darüber nach, was ihr wehtue oder Freude mache. Mareili dachte sich den lieben Gott auch von Empfindungen bewegt, traurig und vergnügt und hellauf, alles nach dem Tun der Menschen; wenn es dem lieben Gott so geht, warum sollte es einem Engel nicht auch so gehen und zwar um so mehr, je ähnlicher er dem lieben Gott ist? Das betrübte Mareili sehr, wenn es das Fräulein gar nicht sah. Fragen durfte es nicht nach ihm. Es stellte sich dann alles mögliche vor, dachte ihn auch verschwunden für ihns, war nicht eher wieder froh, bis es ihn wieder sah und dann gewöhnlich freundlicher als nie. ›Wann kommst wieder?‹ frug das Fräulein, als es eben einmal so freundlich gewesen. ›Nicht mehr‹, sagte Mareili, und aus seinen großen Augen rollte Träne um Träne. ›Es waren heute die letzten.‹ Das Fräulein erschrak selbst ob dieser Antwort. ›Was soll ich machen, wenn mein Erdbeeri Mareili nicht wieder kommt?‹ sagte es. ›Aber warum weinst so?‹ fragte das Fräulein. ›Hast dann nichts mehr zu verdienen? Aber ihr werdet wohl nicht alles gebraucht, sondern etwas zurückgelegt haben für den Winter?‹ ›Es ist nicht wegen dem‹, schluchzte Mareili, ›aber ich habe grusam Längizyti!‹

›Liebes Kind‹, sagte das Fräulein, ›man muß sich an alles gewöhnen in der Welt und es nehmen, wie Gott es gibt. Es ist dir sicher gut, wenn du dich auch gewöhnst an das Daheimbleiben, es ist wohl langweiliger, das beständige Herumlaufen ist kurzweiliger, macht aber auch die Menschen leichtsinnig, und wer sich zu sehr an das Straßenleben gewöhnt, wird zu viel Gutem untauglich und nimmt selten ein gutes Ende.‹ Es ging dem guten Fräulein, wie es manchem Prediger, berufenem und unberufenem, geht, sie zielen wohl gut und treffen richtig, aber nicht in die rechte Scheibe. Es ging dem Mareili tief ins Herz, daß das Fräulein meine, es hätte Anlagen zur Landstreicherin, aber es konnte es nicht sagen, sondern bloß denken oder fühlen, daß eine ganz andere Längizyti als die nach der Straße ihns plagen werde. Statt der Antwort rollten seine Tränen nur noch größer und dicker. ›Tröste dich, mein liebes Mareili‹, fuhr das Fräulein fort, ›sei diesen Winter recht fleißig, die Zeit geht schnell, ein anderer Sommer ist bald wieder da, dann kannst du wieder gehen den Erdbeeren und ihren Essern nach, und zu uns kommst du wieder und bringst die ersten, hörst du, daß du mir nicht fehlst!‹

Da sah Mareili so eigen zu dem Fräulein auf, daß dasselbe seine weiße Hand auf dessen Kopf legte und zu ihm sagte: ›Und hörst, in sechs Wochen, achte dich dessen wohl, ziehen wir in die Stadt, vorher kommst du noch einmal zu uns und frägst nur mir nach, hörst du wohl, und komm ohne Fehler!‹ Da Mareili nichts darauf sagte, sondern ihns nur ansah, so fuhr es fort: ›Du bist ein wunderliches Kind, du mußt besser antworten lernen. Aber höre, kömmst du nicht, so kaufe ich dir auch keine Erdbeeren mehr ab.‹ Das Fräulein war an ein ganz anderes Benehmen der Untergebenen gewöhnt, die wissen gewöhnlich mit Worten und Gebärden ganz anders auszudrücken, was sie angenehm und einträglich glauben. ›Gell, du kömmst!‹ sagte das Fräulein, reichte Mareili die Hand und sah es an. Mareili brachte kaum ein Ja aus dem Weinen heraus. ›Es gspässigs Meitschi!‹ sagte das Fräulein und sah ihm nach.

Mareili fand sich zur anberaumten Zeit ein. Die dazwischenliegende Zeit war ihm eine Wüste gewesen ohne Baum ohne Haus, ein unwirtlich Land, eine Nacht ohne Mond und Sterne. Wie der Tag nahte, wo es gehen wollte, da dämmerte es, tagete endlich. Das Fräulein beschenkte das Kind reichlich mit Winterkleidern für ihns und die Mutter; denn große Wohltätigkeit war Familiensitte, man gab viel und gern, man begriff, daß Geben seliger als Nehmen sei. Als Mareili wohl sich freute, sehr dankte, aber beim Fortgehen doch noch mehr weinte, da sagte das Fräulein wieder: ›Es gspässigs Meitschi‹, und sah ihm sinnend nach.

Im folgenden Sommer knüpfte der Verkehr sich wieder an und hatte nichts an Innigkeit verloren, am wenigsten von Mareilis Seite, das Fräulein blieb sein Engel, dessen Erscheinung sein Herz mit Freuden füllte. Auch das Fräulein blieb bei seiner Teilnahme und Freundlichkeit und nicht bloß wegen dem romantischen Anfang ihrer Bekanntschaft, wegen dem Interessanten, welches derselbe auf sie beide warf, sondern es war ein seltsam Etwas, welches dasselbe an Mareili fesselte, von dem das Fräulein zwar immerfort sagte: ›Es gspässigs, es kurioses Meitschi!‹ Es dankte viel weniger als andere für Guttaten, es brauchte nie schöne Worte, einschmeichelnde Redensarten, aber es liebte die Hand, aus der sie kamen von ganzem Herzen und ganzem Gemüte, das war das Gspässige in seinem Wesen, das so natürlich war und doch lange ein Rätsel blieb.

Man fordert Dankbarkeit vom Armen, Ergebenheit, aber an die persönliche Liebe denkt man nicht, begreift sie darum nicht, man denkt gar nicht an die Möglichkeit, daß, wo weit die Stände scheiden, die Herzen in wahrer Liebe, die ist eine persönliche, sich einen können. So liebt der Wohltäter wohl die Armen, das heißt, er fühlt Mitleiden mit ihnen und übt Wohltaten an ihnen, aber wo ist der Arme, den er persönlich als einen Bruder liebt, als einen Bruder erzieht, als ein Bruder sich ihm gibt? Hier liegt noch ein gar dunkles Gebiet, in welches unser Herrgott seine Sonne auch einmal so recht sollte scheinen lassen.

Die Macht dieser Liebe fühlte das Fräulein, wenn es auch an die Liebe selbst nicht dachte, das Mädchen zog ihns an, interessierte ihns sehr, wie das Fräulein sagte und unbewußt vielleicht mehr fühlte als sagte. Das war der wahre Grund, warum das Verhältnis sich nicht abnutzte, nicht in Gleichgültigkeit zerfloß oder gar lästig wurde.

Was sich verlor, war Mareilis Schüchternheit und fast gänzliches Verstummen vor dem Fräulein. Es durfte reden, antworten, sich ordentlich mitteilen über seine Verhältnisse. Es sprach von ihrem häuslichen Leben, und das Fräulein entdeckte, wie gut Mareili und seine Mutter die weiblichen Arbeiten kannten, weit besser, als man damals es gewohnt war. Das war eine sogenannte Trouvaille, ein Fund, und von da an war viel Verdienst im Häuschen. Wenn nur die Mutter besser hätte arbeiten mögen, jetzt wären sie geborgen gewesen.

Aber der Mutter Zustände kümmerten Mareili mehr und mehr. Die gute Frau mußte viel leiden, und, wie sie doktern mochte, es wollte nicht bessern, sie wurde immer unbehülflicher. Wenn nicht gute Nachbarn gewesen wären, Mareili hätte sich nicht mehr von Hause entfernen, seinen Gewerb, an dem es noch immer hing mit großer Eifrigkeit, aufgeben müssen. ›Was willst anfangen, wenn die Mutter stirbt?‹ hatte das Fräulein oft gefragt. ›Darf nicht daran denken‹, hatte das Mareili geantwortet. ›Wenn es ginge, ich bliebe am liebsten im Tschaggeneigraben und täte wie bisher, was will ich mehr?‹ ›Das wird nicht gehen‹, hatte dann das Fräulein gesagt, aber Mareili begriff nicht, warum das eigentlich nicht gehen sollte, doch widerredete es nicht. Wovon man lange gesprochen und doch nicht erwartet hatte, geschah endlich: Mareilis Mutter starb.

Es war zur Winterzeit, das Fräulein befand sich in der Stadt, Mareili war allein und damals vielleicht achtzehn Jahre alt. Es hatte viel mit der Mutter gehabt in den letzten Tagen, aber die Liebe hatte alles leicht gemacht, und jetzt konnte es sich kaum darein schicken, keine mehr zu haben, sie fehlte ihm bei jedem Schritt und Tritt. Sein einziger Trost im Leben war das Fräulein, aber das war fern einstweilen. Als die Mutter begraben war und es alleine im Häuschen blieb, wollte es ihm fast das Herz abdrücken, es kam sich vor wie ein im Walde von seinen Eltern, wenn es Nacht werden will, verlassenes Kind. Ganz arm war Mareili nicht, es waren zwei Betten da und Hausrat, den man in dieser Hütte nicht gesucht, auch ein Sparpfennig fehlte nicht. Die Nachbarn waren gut gegen ihns, waren ihm in der schlimmen Zeit treu beigestanden.

Und doch ward es ihm so alleine im Häuschen bald unheimlich, es begriff, daß es in die Länge hier nicht bleiben konnte. Es merkte bald, daß jedermann auf ihns spekulierte in gar vielfachen Beziehungen. Es ist kurios: wenn jemand stirbt, möchte jeder etwas erben, und wärs nur ein Andenken, möchte mit der Hinterlassenschaft auf irgendeine Weise die eigene Lage verbessern. Man spekuliert auf Geld oder auf Personen oder auf beides zusammen. Die Menschen haben offenbar ein bedenklich Stück von einem Jagdhund in ihrer Natur, haben eine feine Nase, und wittern sie das kleinste Vörtelchen, kömmt sie das Jagen an unwiderstehlich. Die einen wollten Mareili zu sich nehmen, es sollte ihnen nähen, dienen und in ihrem Lohn Erdbeeri gwinnen; andere wollten zu ihm ziehen und gemeinsam Haushalt mit ihm führen, andere es gar heiraten, Herr Jeses! Es meinten es sicher alle zum allerbesten, und alle meinten, sie hätten eigentlich bloß Mareilis Beste im Auge, und suchten ihm mit allem Eifer dieses begreiflich zu machen, und doch wurde es Mareili unheimlich dabei, und es mochte fast nicht warten, bis die Zeit um war und das Fräulein wiederkam.

›Und jetzt, was willst?‹ frug das Fräulein, als beim Wiedersehen den ersten Fragen und Antworten ihr Recht geschehen. Mareili berichtete und kam zum Bekenntnis, so weh es ihm tue, zweifle es doch, daß es so bleiben könne, so alleine könne es nicht bleiben, aber was dann, wisse es nicht. Fort-, weit wegzugehen, werde ihm das Herz zerreißen. ›Weißt du was‹, sagte das Fräulein, ›bleibe bei mir! Es ist ja gerade, als ob es so sein sollte, so trifft es sich. Meine Kammerfrau, dGattung, hat mir heute aufgesagt. Sie kränkelt und redet schon lange davon. Heute sagte sie mir in allem Ernst, ich solle nach jemand anders sehen, sie könne nicht mehr, und jetzt gerade kommst du.‹ Mareili fiel wie aus den Wolken über diesen Vorschlag, es entsetzte sich darob, teils aus Freude, teils aus Schrecken. Es sollte immer beim Fräulein sein können, das war die Freude; es sollte den Tschaggeneigraben und seine Freiheit verlassen, sollte ins Schloß unter die Dienerschaft, im Winter gar in die Stadt, das war der Schrecken. Das Fräulein hatte aber auch Überwindung gebraucht zum Vorschlag. Ein undressiertes Baurenmädchen, welches nicht Weltsch kann, zur Kammerfrau in einem vornehmen Hause zu erheben, das brauchte Mut und Aufopferung. Wo es hoch hergeht, ist so eine Kammerfrau eigentlich der zweite Leib, der die meisten Dienste verrichtet, welche eigentlich dem Leibe der Herrin zustünden, alle bis ans Essen usw. Es ist die potenzierte Kindermagd, wie ein Fräulein und andere Menschen eigentlich auch nichts anderes sind als potenzierte und erwachsene Kinder. Und wie die Glieder des Leibes den Gedanken des Geistes untertan sind, sie ausführen, sobald sie entstehen, so soll die Kammerfrau die Gedanken entstehen sehn und sie ausführen, ohne daß es der verzögernden Rede bedarf.

Mareili verstund freilich das Nähen, Stricken und Flicken wohl, aber das Glätten nicht, und eine Toilette hatte es kaum je gesehen von weitem, geschweige denn sie je gebraucht, man denke! Mareili gab eine sehr schöne Kammermagd, aber erst, wenn es gehen konnte auf den gewichsten Dielen, erst wenn es mit Manier sich präsentieren und anmelden, erst wenn es wenigstens ›Oui‹ und ›N'est-ce pas?‹ und ›Qui est là?‹ sagen konnte mit Anstand. Es gibt in jedem Hause, welches repräsentiert, eine Sitte, welche von jedem und besonders von einer Kammermagd gehandhabt werden muß, wenn nicht Ärgernis entstehen soll. Das Fräulein überwand seine Bedenken, war der große Engel dem Erdbeeriengeli gegenüber, sprach liebenswürdig dem bangen Mädchen zu, welches endlich sagte: ›Ach, mein Gott, ich wüßte ja nichts Besseres, es ist mir das Liebste, was ich ersinnen könnte, aber ich kanns nicht vorbringen, ich bins nicht imstande.‹

Da rief das Fräulein die alte Gattung. Das war kein so tüfelsüchtig Räf, wie man Exempel hat, daß alte Kammerfrauen geworden, welche nichts mehr freut, als junge Geschöpfe zu kujonieren, und wenn die Herrschaft mit ihren Nachfolgerinnen herzlich schlecht fährt oder gar nicht fahren kann. Gattung war gutmütig, und Erdbeeri Mareili war ihm lieb. Es fand freilich den Gedanken des Fräuleins vermessen, aus Mareili so urplötzlich eine Zofe zu machen, und zu Rate gezogen, würde es denselben für unausführbar erklärt haben. Gattung hatte Selbstbewußtsein, kannte ihres Amtes Bedeutsamkeit, wußte, was ihre Erfahrung wog, was sie in vierzig Jahren gelernt und was sie leistete, und ein achtzehnjähriges Baurenmädchen sollte sie ersetzen, mon dieu! Indessen es war geschehen, und Gattung sprach dem Meitschi Mut ein und bot sich an, wenn es alsbald komme, nachzuhelfen und bis zu ihrem Abgang ihm wenigstens einen Begriff des Dienstes und das allernötigste Weltsch beizubringen. Das Fräulein sei si bonne, daß es sich schon geduldig erweisen werde. Mareili ließ sich bereden, nur eines müßte das Fräulein ihm versprechen, ihns alle Jahre einige Tage in seine Erdbeeren zu lassen. Das tat das Fräulein gerne und sagte, vielleicht komme es selbsten mit.

Nun begann für Mareili ein ganz ander Leben, es war ein noch viel ärgerer Gegensatz, als wenn es aus einem Weltteil in einen andern gewandert wäre. Da war alles, alles anders, bloß der Him-

40

mel nicht, der gleiche stund über dem Tschaggeneigraben und über dem Schlosse. Dagegen die Erde im Tschaggeneigraben war Erde, wie sie Gott eben erschaffen hatte, ums Schloß herum dagegen war sie mit Kies bedeckt.

Es war die ersten Tage in fortdauerndem Zittern, es möchte ein großes, unersetzlich Unglück anrichten, wie ein Kind, das man mit Licht in eine Pulverkammer stellt, es durfte fast nicht trappen, nichts anrühren aus Angst, es zerbreche etwas oder lasse es fallen. Gattung schüttelte bedenklich den Kopf. Indessen es ging, wie es heißt, die Liebe duldet alles, überwindet alles. Nachdem die erste Angst überstanden war, faßte Mareili unglaublich schnell seine Aufgabe, so daß Gattung wieder wie bedenklich den Kopf schüttelte und sagte, pour une jeune Allemande stelle sich Mareili merveilleusement, so was hätte sie nie erlebt. Jetzt trug die Zartheit, mit welcher Mareili seine Erdbeeren behandelt hatte, gute Früchte. Das Fräulein behauptete, eine so leichte Hand, die man fast nicht fühle, wenn sie am Leibe herumhantiere, habe es noch nicht erlebt. Und als einmal die Angst überwunden war, fühlte Mareili sich fast glücklich in seinem neuen Verhältnis. Es sah das Fräulein immer und immer und sann Tag und Nacht daran, wie es sich ihm treu und gefällig erweisen, in seinen Augen lesen könne, was dasselbe denke, fühle, wünsche.

Das Fräulein war glücklich, keinen Mißgriff getan zu haben, und freute sich des Kammermädchens, das so anständig und geschickt war, zu einem vornehmen Hause paßte und ihm wohl anstand. Das Fräulein war gewohnt, die Dienstboten anständig zu behandeln, mit kurzer Gemessenheit der Rede, solange es seine Gefühle in die konventionellen Schranken zu bannen vermochte. Diese konventionellen Schranken sind nicht absolut allgemeine, sondern fast jedes Haus hat seine eigenen, engern oder weitern. Ja, man sieht zuweilen in einem Hause große Rücksichtslosigkeit in Sitten und Manieren und gegenüber derselben ein so ängstliches Hüten aller Formen, eine um so strengere Gemessenheit im Reden und im Bewegen, und diese Form wird um alles gezogen, und alles muß sich in dieselbe fügen, die stärksten Gefühle, Liebe und Religion oder Liebe zu Gott und Menschen. Wo irgendwo diese Form durchbrochen wird, giltet es als Sünde, als sehr ernste Sünde, welche oft weder vergessen noch vergeben wird. Familienglieder, besonders weibliche, welche ihre Gefühle nicht immer in dieser konventionellen Hausschranke bergen können, werden beständig mit einer Art von –Ängstlichkeit betrachtet, mit bedenklichem Achselzucken wird verblümt von ihnen gesprochen, als ob man sagen wollte: ›Man kann nicht wissen, was Tüfels die noch anstellt.‹

Es ist aber eine gleichsam heillose Methode, daß alle Glieder einer Familie die gleiche Schnürbrust tragen sollen, und zwar gar zuweilen noch durch verschiedene Geschlechter hindurch, daß dieser Schnürleib gleichsam die Familienzwangsjacke sein soll für alle höhern menschlichen und religiösen Gefühle. Man denke die Folgen einer solchen Schnürbrust für die Leiber der Menschen, und um wieviel zarter und daher leichter verkrüppelt sind die Geister der Menschen! Wohlverstanden, wir reden hier nicht von den allgemeinen Schranken, welche sittliches Gefühl und christlicher Geist ziehen, sondern von den sonderbündlerischen Schranken der verschiedenen Häuser.

In einem solchen Schnürleib stak das arme Fräulein, fühlte ihn vielleicht oft lange nicht, er schien ihm zur andern Natur geworden, bis bei besondern Anlässen oder besondern Stimmungen die Gefühle schwollen, gegen die Bande drängten, Kopf und Herz zu platzen drohten, endlich in eine Schwäche bis zum Tod der Brand verlief. So war Mareilis Fräulein.

Aber Mareili fühlte diese übliche Gemessenheit nicht, machte keine Ansprüche auf Äußerungen der Liebe, auf Gegenliebe. Es fühlte sich glücklich in seiner Liebe. Wenn der Ton des Fräuleins in Gegenwart von Fremden noch kälter als sonst gegen ihns ward, so tröstete es sich sicher an einem freundlichen Blick, den das Fräulein ihm nachsandte. Und wenn zuweilen das Fräulein gereizt war und diese Stimmung Mareili fühlbar ward, so schrieb es sie einem innern Leiden zu, und seine Liebe ward um so inniger, seine Sorge um seinen Engel um so größer. Dann reichte wohl nachher das Fräulein Mareili die Hand und sah es an mit seinen wunderbaren Augen wie ehemals, und Mareili schoß das Wasser in die Augen und hatte seligen Lohn. Zuweilen auch, wenn die innere Glut und die kalte Welt so recht in schneidendem Gegensatze stunden, dem Fräulein es so enge ward, daß der Atem ihm ausgehen wollte, wo es ihm ward, als stünde es auf der höchsten Spitze des allerhöchsten

Schneeberges in alter und neuer Welt, da frug es wohl: ›Mareili, hast du mich lieb?‹ und wenn dann Mareili das Wasser in die Augen schoß und es sagte: ›O Fräulein!‹ so gab dasselbe ihm die Hand und sagte: ›So behalte mich lieb!‹ Das waren Augenblicke, welche Mareili für alles entschädigten, was es wohl auch sonst zu tragen hatte, welche seine unverfälschte Liebe immer neu stärkten, welche es nie irre werden ließen am Fräulein, auch wenn dasselbe viele, viele Tage kein Zeichen besonderer Teilnahme ihm gab, es mit einer kühlen Gemessenheit behandelte, die akkurat aussah wie Hochmut gegen Niedere, die man drei Schritte vom Leibe haben will.

So verliefen die Jahre Mareili fast unbewußt, von ihm kaum gezählt. Es litt nichts Besonderes, es erwartete nichts Besonderes, es zählte jeden Tag mit Weisheit, füllte ihn mit Treue, genoß mit Dank, was Gott ihm gab, und war er vorüber, so empfahl es ihn Gott, daß er denselben ihm zu gut legen möge in Huld und Gnade, und nahm einen neuen Tag aus seiner Hand mit der Bitte, daß er ihns bewahren möge vor Versuchung und erlösen von allem Bösen, und ging mit Liebe dran, ihn zu verbrauchen in allen Treuen. So gehen die Jahre rasch vorüber, und sichtbarer wird das Nahen der göttlichen Ewigkeit, wo die Jahre Augenblicke sind, je göttlichern Sinnes man wird.

Und im Maße die Jahre das Fräulein der Ewigkeit näher trugen, verglomm in demselben das Weh eingeklemmter Gefühle, die Stürme legten sich, verklärten in Frieden sich; gereizte Nerven störten ihn nicht mehr, und Stück um Stück, wie vermodertes Zeug, das frische Luft nicht mehr verträgt, fiel der Schnürleib ab, und eine erleuchtete Persönlichkeit trat hervor, der wahre Engel, dem das Reich Gottes gehört.

Am schönsten trat derselbe hervor in der unverblümten Liebe zu Mareili. Das Fräulein hatte unwillkürlich empfinden gelernt den großen Unterschied zwischen Dankbarkeit für erhaltene Wohltaten und der eigentlichen Liebe zu der Person des Wohltäters. Beides ist etwas ganz anders und wird nicht oft bloß verwechselt, sondern das letztere gar nicht bemerkt oder, bemerkt, gering geachtet. Das Fräulein fühlte dadurch sich beschämt und gehoben, es stieg höher auf der Leiter christlicher Vollendung, es begann nicht bloß die Wohltätigkeit zu lieben, es begann auch arme Personen zu lieben, es begann sich vor allem aus der Liebe zu Mareili bewußt zu werden, welche eigentlich schon lange in ihm war, die es aber, solange der Schnürleib seine Gefühle in alter Gemessenheit erhielt, nicht bemerkt, an die Möglichkeit ihrer Existenz gar nicht gedacht hatte. Mareili wurde des Fräuleins Freundin und eine immer innigere, je schwächer des Fräuleins Verband mit der Welt wurde, Kränklichkeit dasselbe zu einem einsamen Leben zwang.

Die äußern Dienstleistungen blieben sich gleich. Mareili verdoppelte sie, sobald irgendwie es nötig wurde, aber es blieb ihr Verkehr eben nicht auf diese äußern Dienstleistungen beschränkt, sondern das innere Leben schlossen sie sich auf, und als Pilgrime, welche keine bleibende Stätte haben, sondern eine zukünftige suchen, wanderten sie Hand in Hand dem gleichen Ziele zu. Wie Mareili über die Stürme erstaunte, welche im innern Leben seines Fräuleins gewaltet, über die Klippen erblaßte, die so drohend in dasselbe hineinragten, so erstaunte das Fräulein über das sinnige, liebliche Gelände, welches Mareili eröffnete, wo es wohl Regenschauer gab, aber keine Orkane, Steinchen im Grase, aber keine Klippen.

Wenn es die beiden Leben zusammenstellte, so war das eine ein peinlich Ringen gegen das Ersticken, ein Wandeln an Abgründen, ein Schmachten in dürren Landen, das andere ein Weilen in kleinem Wiesengrund unter schattichten Bäumen, das erstere bei vollem Überflusse von allem, was die Erde bietet, ohne mühsamen Erwerb, das letztere in stetiger Arbeit für dürftige Notdurft. Das Fräulein hätte oft weinen mögen in solchen Betrachtungen und schmollen mit Gott, daß er den Pfad ihm so schwer gemacht, wenn es nicht zu tief erkannt, wie alles von Gott kömmt, und wie er jedem seine Bürde ordnet nach den zugeteilten Kräften, und wie im stillen Grunde bei einförmiger Arbeit sein reger Geist und weites Herz nicht die Befriedigung gefunden wie Mareili, sondern vielleicht wiederum nur die engen Fesseln, welche es sein Lebtag getragen, nur anders geflochten und aus anderem Stoffe. Wenn sie zusammensaßen in vielen einsamen Abendstunden, so waren sie ähnlich zwei Nonnen, welche die Welt hinter sich gelassen und über der Welt zu Schwestern geworden waren. In der Welt blieb Mareili die Dienerin, mißkannte nie seine Stellung, wie oft es auch dazu veranlaßt wurde. Sein Verhältnis zum Fräulein war wohlbekannt. Die einen wollten es mißbrauchen in selbstsüchtigen Absichten, die edlern Verwandten begegneten ihm mit einer Achtung, die bei minder demütigem Sinn sein Wesen hätte vergiften können, allein es blieb das gleiche, es erhob sich nicht, mißbrauchte seinen Einfluß nicht.

So lebten sie, bis Gott einen andern Engel sandte, der das Fräulein abrief. Nun war Mareili wieder alleine, da ward ihm zu weit in der Welt, obgleich es schön hätte leben können darin, denn das Fräulein hatte es reich bedacht. Aber es konnte wirklich sagen, sein Engel sei am Throne Gottes und sein Wandel im Himmel. Alles, was es geliebt in der Welt, war dort. Es kaufte die Hütte im Tschaggeneigraben, in welcher es mit seiner Mutter gewohnt, und ließ dort sich nieder. In den ersten Jahren, die es beim Fräulein war, kam es zur Erdbeerizeit wieder, sammelte Erdbeeren und brachte großen Jubel ins Schloß, wenn es mit seinen Körbchen voll der prächtigsten Früchte wiederkehrte. Später blieb es aus, jahrelang war es nicht in der alten Heimat gewesen, als eine Art von Heimweh es wieder dahin zog.

Es richtete freundlich sich ein und freute sich auf das alte Leben, denn wenn es auch nicht mehr Gewinn und Gewerb zum Lebensunterhalt für sich treiben wollte, so wollte es doch seine Freude an seinen lieben Erdbeeren wieder haben. Es hatte noch alle Wege und Stege im Kopf, alle Birken und Haselstauden, es hoffte, noch den alten Stock zu finden, wo immer das erste Stüdeli blühte. Aber wie ward Mareili getäuscht, als es den Schaden nun sah! Es fand die Weiden nicht mehr, wo früher die ersten Erdbeeren reiften, es war in einer andern Welt, man mußte sie weggetragen haben. Kein Busch war mehr da, keine Birke, keine Reckholderstaude, nichts als Erdäpfel für die Menschen und Gras fürs Vieh. Es weinte über die alte Wildnis, welche die Kultur ihm verschlungen. Es fand endlich wieder Erdbeeren, fast hinten an der Welt. Aber da war es nicht mehr das Erdbeeri Mareili, da fand es andere Kinder, welche erdbeereten und damit sein altes Gewerbe trieben. Es liefen ihm die Augen über, und im Herzen tats ihm weh, als es sah, wie roh sie mit den Beeren umgingen, halbreif sie abrissen, achtlos die Stüdeli zertraten, zerrissen, die halbe Ernte verdarben, mit feindseligen Blicken es ansahen und endlich in Schimpfen ausbrachen gegen das fremde Weib, als ob dasselbe unberechtigt in ihr Eigentum käme, und war Mareili doch die erste Herrin dieses Gebietes gewesen, hatte den Leuten den Verstand zu diesem Erwerb gemacht, und jetzt ward ihm das Recht bestritten, sein altes Reich zu betreten.

Das hatte Mareili sehr wehgetan, und bald wäre es wieder fortgezogen aus dem Graben. Aber es bezwang die ersten Regungen, es bedachte, daß es, weil die Welt in ewigem Wechsel kreist, es denn doch nicht das Recht hätte, von Gott und Menschen zu fordern, daß sie ihm den Tschaggeneigraben, der dazu nicht einmal sein Eigentum war, unverändert lassen sollten. Nicht umsonst werde Gott ihm die alte Liebe dazu erweckt und ihns dahin zurückgeführt haben. Etwas werde er wohl für ihns zu tun haben; wenn es die Augen nur recht auftue, werde es dasselbe schon finden. Und Mareili tat die

Augen auf und sah bald, was Gott von ihm wollte, und welch Tagewerk er ihm bestimmt hatte. Es zwang sich und ging wieder Erdbeeri gwinnen, und mit den Erdbeeren suchte es die Kinder zu gewinnen, sich ihnen lieb zu machen und Zucht und Ordnung in ihr Treiben zu bringen. Mareili gelang es nach und nach, aber mit Mühe. Sie wollten sich nicht von ihm befehlen lassen, aber sie taten am Ende freiwillig, was es angab, sie fanden ihren Nutzen darin, und wirklich ging nach und nach in einem und dem andern Liebe auf; denn Mareili war einnehmend und freundlich, wußte gar vieles zu erzählen, hatte ein offenes Herz und eine offene Hand.

Wohl stellte sich zuweilen ein ungezogener Junge ungebärdig ein, aber Mareili überwand ihn allgemach mit Sanftmut und Liebe, und wenn es eines Tages ausblieb, mißten es die Kinder und hatten Langeweile. ›DsErdbeeri Mareili ist da!‹ oder ›DsErdbeeri Mareili ist nit da!‹ ward das Feldgeschrei der Kinder. Dieser Verband hörte im Winter nicht auf. Mareili fühlte bald, daß es nicht alleine sein konnte, nahm daher das Kind, das ihm am liebsten geworden, zu sich, und andere Kinder kamen zu diesem, und alle, die kamen, lernten von Mareili Gutes fürs Herz und Nützliches für die Finger, denn in allen weiblichen Arbeiten war es eine Meisterin. Es kostete kein Lehrgeld, und so ganz trocken ohne Essen und Trinken kamen die Kinder selten fort, Mareili hatte es und gönnte es. Damit trieb es die Kinder nicht fort, man kann es sich denken. Mareili und sein Geld gefiel noch anderen wohl, nicht bloß Kindern, aber Mareili machte allen Gelüsten ein schnelles Ende, es wußte zu klar, wo seine Liebe war.

Im Anfang hatte sein Wiedererscheinen Aufsehen gemacht, aber es lebte so still und anspruchlos, es zeigte sich so wenig außerhalb dem Graben, daß man es nach und nach vergaß und nur um ihns wußte, wer mit ihm in tägliche Berührung kam, und die Kinder, denen es als eine Mutter sich erzeugte. Das Mädchen, welches Ihr dort getroffen, Gerichtsäß, ist das dritte, welches Mareili erzogen hat. Mareili war nicht selbstsüchtig, meinte nicht, wenn es Kinder erziehe, erziehe es sie für sich, sondern es erzog sie für sie. Es fand es nicht passend, ein erwachsenes Mädchen in dieser Einsamkeit an sich zu bannen durch allerlei Hoffnungen. Sobald es an der Zeit war, sandte es sie hinaus in die Welt, wohl ausgerüstet mit Geschicklichkeit und Gottseligkeit. Es wußte, wo sie gut aufgehoben waren, dahin gab es sie, und eine solche Gabe wurde fast angesehen wie eine Gnade. Die Mädchen hielten sich brav, wurden glücklich, haben Mareili viel Freude gemacht. Aber sein selig Fräulein blieb seine rechte Liebe, und nur in seinen besten Stunden, wo seinen Kindern sein Herz so recht aufging, erzählte es ihnen von seinem Engel. Aber die Tore zu diesem Andenken, seinem Allerheiligsten, öffnete es selten, nur wenn es ihm gar feierlich war im Gemüte. Dann erschien aber auch das Fräulein in einem Glanze, daß man nicht wußte war es ein wirklicher Mensch oder ein überirdisches Wesen, und die Kinder schauerten und bebten so süß, als säßen sie mitten in der wunderbaren, noch unsichtbaren Welt.

Es war mir lieb, das Erdbeeri Mareili, das so still und so schön wirkte für das Reich Gottes und ein fleißiger, aber unbemerkter Arbeiter war in dem großen Erntefeld. Sein Tod tut mir weh, aber ich mag ihn ihm gönnen, denn nun ist es wieder bei seinem Engel und ist selbst ein Engel. Ich muß es aber noch einmal sehen und mit dem Kinde reden, welches es bei sich hatte, das wird Trost und Rat bedürfen, wenn sonst auch für ihns gesorgt sein wird. Aber und jetzt, Gerichtsäß, was meint Ihr, hatte ich recht, als ich sagte, das Erdbeeri Mareili sei besser gewesen als Ihr und ich?«

»Ja, ja«, sagte Gerichtsäß Hasebohne, »so für ein Weibervölchli mags angehen, und daß es sich mit dem Mannevolch nicht angelassen, wie es scheint, daneben kann man es nicht wissen, gefällt mir bsunderbar wohl. Es sollten es alle so machen, dann täte es weniger arme Kinder geben. Aber, ob es dann imstande gewesen, Pfarrer zu sein oder gar Grichtsäß, selb müßte ich doch zwyfle, drzu bruchts Verstang, wo me hinger emene Wybervölchli nit fingt. Unser Herrgott wird nicht umsonst zweier Gattig Menschen erschaffen haben, Weibervolk und Mannevolk, wo eigetlich nit zsämmezelle sy u z'vrglyche, wie drHerr Pfarrer wohl weiß, vo wege Mannevolk ist doch geng Mannevolk, u Wybervolk blybt i Gotts Name geng Wybervolk. Nüt für ungut, Frau Pfarreri, aber es isch emel so und wird nit angers, solang dWelt steit. Aber jetzt muß ich heim. Meine wird luege, wo ich herkomme, die gibt mir eine Kappe, es ist e Handligi! Lebit wohl u Dank heigit u chömmets cho yzieh, es wurd is freue!«

»Kanns geben«, sagte der Pfarrer, bot dem Grichtsäß Hasebohne die Hand, und auch die Frau Pfarrerin tat also, und derselbe ging nach Hause.

»Jetzt weißt du«, sagte der Pfarrer, »was Grichtsäß Hasebohne auf dem Weibervolk hält, und wie er es schätzt.« »Das wundert mich nicht«, sagte die Frau Pfarrerin, »von einem Gerichtsäß; soll ja ein Kirchenkonzilium, wie du mir selbst erzählt, noch viel dümmer gewesen sein. Nun, es kömmt uns wohl, sind solche nicht der liebe Gott, und wird ihr Urteil nicht viel zu bedeuten haben vor ihm. Aber jetzt komm, wenn du die Suppe nicht kalt willst, es ist die höchste Zeit, und Rösi stellt, wie du weißt, nichts an die Wärme. Es gäb dLüt am beste zuche, we men es kalt gäb, was sie nit heige möge, wos warm gsi syg, behauptet es.« Eine gute Regel für manche Haushaltung.

Über tredition

Eigenes Buch veröffentlichen

tredition wurde 2006 in Hamburg gegründet und hat seither mehrere tausend Buchtitel veröffentlicht. Autoren veröffentlichen in wenigen leichten Schritten gedruckte Bücher, e-Books und audio-Books. tredition hat das Ziel, die beste und fairste Veröffentlichungsmöglichkeit für Autoren zu bieten.

tredition wurde mit der Erkenntnis gegründet, dass nur etwa jedes 200. bei Verlagen eingereichte Manuskript veröffentlicht wird. Dabei hat jedes Buch seinen Markt, also seine Leser. tredition sorgt dafür, dass für jedes Buch die Leserschaft auch erreicht wird.

Im einzigartigen Literatur-Netzwerk von tredition bieten zahlreiche Literatur-Partner (das sind Lektoren, Übersetzer, Hörbuchsprecher und Illustratoren) ihre Dienstleistung an, um Manuskripte zu verbessern oder die Vielfalt zu erhöhen. Autoren vereinbaren direkt mit den Literatur-Partnern die Konditionen ihrer Zusammenarbeit und partizipieren gemeinsam am Erfolg des Buches.

Das gesamte Verlagsprogramm von tredition ist bei allen stationären Buchhandlungen und Online-Buchhändlern wie z. B. Amazon erhältlich. e-Books stehen bei den führenden Online-Portalen (z. B. iBookstore von Apple oder Kindle von Amazon) zum Verkauf.

Einfach leicht ein Buch veröffentlichen: **www.tredition.de**

Eigene Buchreihe oder eigenen Verlag gründen

Seit 2009 bietet tredition sein Verlagskonzept auch als sogenanntes "White-Label" an. Das bedeutet, dass andere Unternehmen, Institutionen und Personen risikofrei und unkompliziert selbst zum Herausgeber von Büchern und Buchreihen unter eigener Marke werden können. tredition übernimmt dabei das komplette Herstellungs- und Distributionsrisiko.

Zahlreiche Zeitschriften-, Zeitungs- und Buchverlage, Universitäten, Forschungseinrichtungen u.v.m. nutzen diese Dienstleistung von tredition, um unter eigener Marke ohne Risiko Bücher zu verlegen.

Alle Informationen im Internet: **www.tredition.de/fuer-verlage**

tredition wurde mit mehreren Innovationspreisen ausgezeichnet, u. a. mit dem Webfuture Award und dem Innovationspreis der Buch Digitale.

tredition ist Mitglied im Börsenverein des Deutschen Buchhandels.

Dieses Werk elektronisch lesen

Dieses Werk ist Teil der Gutenberg-DE Edition DVD. Diese enthält das komplette Archiv des Projekt Gutenberg-DE. Die DVD ist im Internet erhältlich auf **http://gutenbergshop.abc.de**

Zeitfracht Medien GmbH
Ferdinand-Jühlke-Straße 7
99095 Erfurt, Deutschland
produktsicherheit@kolibri360.de